इमरान सीरीज़

5

# जहन्नुम की अप्सरा

## लौट आये हैं इब्ने सफ़ी

### इमरान सीरीज़ के पहले सात उपन्यास लेकर

1. ख़ौफ़नाक इमारत
2. चट्टानों में आग
3. बहुरूपिया नवाब
4. ख़ौफ़ का सौदागर
5. जहन्नुम की अप्सरा
6. नीले परिन्दे
7. साँपों के शिकारी

इब्ने सफ़ी

# जहन्नुम की अप्सरा

सम्पादक

**नीलाभ**

अनुवादक

**चौधरी ज़िया इमाम**

हार्परकॉलिंस पब्लिशर्स इंडिया
ए जॉइंट वेंचर विद
THE INDIA TODAY GROUP
नई दिल्ली

प्रथम प्रकाशन 2009
हार्पर हिन्दी
(हार्परकॉलिंस *पब्लिशर्स* इंडिया) द्वारा प्रकाशित
4th फ्लोर, टावर A, बिल्डिंग नं. 10, डीएलएफ साइबर सिटी,
डीएलएफ फेज II, गुरुग्राम, हरियाणा – 122002, भारत
www.harpercollins.co.in



P-ISBN: 978-81-7223-892-6



टाइपसेटिंग : निओ साफ़्टवेयर कन्सलटैंटस्
मुद्रक: रैप्लिका प्रैस प्राईवेट लिमिटेड



HarperCollins *Publishers*, Macken House, 39/40 Mayor Street Upper, Dublin 1, D01 C9W8, Ireland

# दो शब्द

इब्ने सफ़ी के अनोखे जासूसी किरदार अली इमरान का एक और सनसनीख़ेज़ कारनामा 'जहन्नुम की अप्सरा' में पेश किया जा रहा है।

इब्ने सफ़ी की पहली ख़ूबी तो यही है कि उन्होंने अनुवादों और रूपान्तरों में फँसी इस धारा को मौलिकता की आज़ाद फ़िज़ा मुहैया करायी। शुरू-शुरू में अलबत्ता इब्ने सफ़ी पर विदेशी उपन्यासों का असर था; मिसाल के लिए, उनका पहला उपन्यास 'दिलेर मुजरिम,' जो मार्च १९५२ में प्रकाशित हुआ, अंग्रेज़ी लेखक विक्टर गन की कहानी 'आयरनसाइड्स लोन हैण्ड' पर आधारित है। इसी तरह 'पहाड़ों की मलिका' पर राइडर हैगर्ड के मशहूर उपन्यास 'किंग सॉलोमन्स माइन्ज़' का असर है। उन्होंने अपने उपन्यास 'ज़मीन के बादल' की भूमिका में स्वीकार भी किया—

> *"दिलेर मुजरिम का प्लॉट मैंने अंग्रेज़ी से लिया था, लेकिन फ़रीदी और हमीद मेरे अपने किरदार थे। मैंने उस कहानी में कुछ ऐसी दिलचस्पियों का इज़ाफ़ा भी किया था जो मूल प्लॉट में नहीं थीं। इसके अलावा 'जासूसी दुनिया' में ऐसे उपन्यास और भी हैं, जिनके प्लॉट मैंने अंग्रेज़ी से*

*लिये थे, मसलन 'रहस्यमय अजनबी,' 'नर्तकी का क़त्ल,' 'हीरे की खान,' 'ख़ूनी पत्थर।' एक हंगामे वाला किरदार, प्रोफ़ेसर दुर्रानी, अंग्रेज़ी से आया है। सिर्फ़ किरदार। कहानी मेरी अपनी है। इसी तरह 'पहाड़ों की मलिका' का बनमानुस और गोरी मलिका भी अंग्रेज़ी से आये हैं। लेकिन प्लॉट मेरा अपना है। इमरान के सारे उपन्यास बेदाग़ हैं।"*

इसके बरसों बाद इमरान वाली श्रृंखला की भूमिका में भी इब्ने सफ़ी ने पुराने दिनों को याद करते हुए लिखा –

*"जासूसी नॉवेल मेरे लिए बिलकुल नयी चीज़ थी। लिहाज़ा पहली बार मुझे भी अंग्रेज़ी के ही दामन में पनाह लेनी पड़ी। इसके बाद मैंने अपने तौर पर लिखना शुरु किया। लेकिन जहाँ तक हो सका, बाहर के प्रभावों से दामन बचाने के बावजूद मेरे आठ नॉवेल कमोबेश मेरे अपने नहीं थे। या तो उनके प्लॉट अंग्रेज़ी से लिये गये थे या एक-आध किरदार बाहर से आये थे।"*

इन शुरुआती उपन्यासों के बाद इब्ने सफ़ी ने अपनी मौलिक डगर पकड़ ली। चूँकि जासूस का चरित्र ऐसे उपन्यासों की धुरी होता है, इसलिए उन्होंने फ़रीदी और हमीद ही का नहीं, इमरान का भी रूप-रंग, नाक-नक़्शा, बोली-बरताव और चाल-ढाल बड़ी मेहनत से गढ़ी। पढ़ने-लिखने का शौक इब्ने सफ़ी को शुरू ही से था और सिर्फ़ शायरी और उपन्यास-कहानियाँ ही नहीं, बल्कि हर तरह के विषयों की किताबें, लिहाज़ा यह सारी जानकारी उनके उपन्यासों को और भी दिलचस्प और रोमांचक बनाने में मददगार साबित हुई। 'तिलिस्मे-होशरूबा' और राइडर

हैगर्ड के अंग्रेज़ी उपन्यासों ने अगर उनकी कल्पना-शक्ति को एड़ लगायी, तो उर्दू, फ़ारसी और अंग्रेज़ी की दूसरी मशहूर किताबों ने उनकी भाषा-शैली को चमकाया।

इब्ने सफ़ी सिर्फ़ पुरानी दुनिया में नहीं खोये रहते थे बल्कि अपने समय के परिवेश पर भी उनकी नज़र रहती थी। इसका पता इमरान सीरीज के पाँचवें उपन्यास 'जहन्नुम की अप्सरा' को पढ़ने से चलता है जिसमें उन्होंने एक और बड़े परिप्रेक्ष्य में प्लॉट और प्रसंग बुने हैं। 'जहन्नुम की अप्सरा' दूसरे महायुद्ध और हिटलर के फ़ासीवाद के पृष्ठभूमि में रची गयी है।

मोरीना सलानियो जो अपनी डॉसिंग पार्टी के साथ हिन्दुस्तान के दौरे पर आयी है, दरअसल इटैलियन नहीं, बल्कि जर्मन नर्तकी है और उसका काम एक ऐसी विचारधारा का प्रचार करना है जो नस्ली भेद-भाव और ज़ुल्म पर टिकी हुई है और उसके लिए वह जासूसी भी करती है। उसकी इन शैतानी साज़िशों का पर्दाफ़ाश करने के लिए दक्षिण अफ़्रीका से ग़ज़ाली नाम का जो जासूस आता है वह मारा जाता है और फिर शुरू होता है तफ़्तीश का सिलसिला जिसका अन्त मोरीना के भण्डाफोड़ में होता है।

दिलचस्प बात यह है कि पिछली कामयाबियों की वजह से इमरान को जो अलग विभाग दिया गया था, वह उसे अपने पिता के दबाव की वजह से छोड़ना पड़ता है। लेकिन वह अपनी जासूसी का काम जारी रखता है और अपने पिता को ही नहीं, फ़ैयाज़ को भी चिढ़ाने के लिए रूशी के साथ एक ऐसी कम्पनी खोल लेता है जो औरतों को तलाक़ दिलाने का काम करती है। इसी सिलसिले में लेडी तनवीर इमरान से मिलने आती है और

इमरान को ग़ज़ाली का पता चलता है। फिर ग़ज़ाली की हत्या के बाद तो वह हमेशा की तरह फ़ैयाज़ की मदद को आता है और कामयाबी का सेहरा उसी के सिर बँधवा देता है।

निःसन्देह 'जहन्नुम की अप्सरा' का दिलचस्प कथानक आपको बाँधे रहेगा और आप इमरान की हरकतों का मज़ा लेते रहेंगे।

–नीलाभ

# जहन्नुम की अप्सरा

# १

फिर वही हुआ जिसका अन्दाज़ा इमरान पहले ही लगा चुका था....जैसे ही वह 'भयानक आदमी' वाला केस ख़त्म करके शादाब नगर से वापस आया, उसके बाप के दफ़्तर में उसकी पेशी हो गयी....

उसके बाप रहमान साहब इंटेलिजेंस ब्यूरो के डायरेक्टर जनरल थे और होम सेक्रेटरी ने कई बार इमरान के कारनामों का ज़िक्र उनसे कर दिया था, वरना वे तो अब तक उसे निकम्मा और बेवक़ूफ़ समझते थे।

इमरान अपनी सभी बेवक़ूफ़ियों समेत उनके सामने पेश हुआ।

पहले वे उसे ख़ूँख़ार नजरों से घूरते रहे, फिर झल्लायी हुई आवाज़ में बोले, "बैठ जाओ।"

उनकी मेज़ के सामने तीन ख़ाली कुर्सियाँ थीं। इमरान कुछ इस तरह बौखला कर इधर-उधर नाचने लगा जैसे उसकी समझ में ही न आ रहा हो कि उसे किस कुर्सी पर बैठना चाहिए।

"बैठो!" रहमान साहब मेज़ पर घूँसा मार कर गरजे.... और इमरान एक कुर्सी में ढेर हो कर हाँफने लगा।

"तुम बिलकुल गधे हो....!'

"जी हाँ....!"

"शट अप!"

इमरान ने बच्चे की तरह सिर झुका लिया।

"तुमने शादाब नगर के स्मगलर को पकड़ने के लिए कौन-सा तरीक़ा अपनाया था?"

"वह....बात दरअसल यह है कि....मैंने एक जासूसी नॉवेल में पढ़ा था....।"

"जासूसी नॉवेल....?" रहमान साहब ग़ुर्राये।

"जी हाँ....भला-सा नाम था....चेहरे की होरी....ओ लल लाहौल....हीरे की चोरी!"

"देखो! मैं बहुत बुरी तरह पेश आऊँगा। तुम डिपार्टमेंट को बदनाम कर रहे हो। शादाब नगर वाले दफ़्तर से तुम्हारे लिए कोई अच्छी रिपोर्ट नहीं आयी। यह सरकारी डिपार्टमेंट है, कोई थियेटर कम्पनी नहीं, जिसमें जासूसी नॉवेल स्टेज किये जायें और वह औरत कौन है, जो तुम्हारे साथ आयी है?"

"वह....वह रूशी है!....जी हाँ...."

"उसे क्यों लाये हो?"

"वह मेरे सेक्शन के लिए एक टाइपिस्ट की ज़रूरत थी न।"

"टाइपिस्ट की ज़रूरत थी?" रहमान साहब ने दाँत पीस कर दोहराया।

“जी हाँ....!”

रहमान साहब ने एक सादा काग़ज़ उसकी तरफ़ बढ़ाते हुए कहा, “लिखो।”

इमरान लिखने लगा, ‘मेरे सेक्शन के लिए एक टाइपिस्ट की ज़रूरत थी....’

“क्या लिख रहे हो?”

इमरान ने जितना लिखा था, सुना दिया।

“मैंने इस्तीफ़ा लिखने को कहा था?” रहमान साहब मेज़ पर घूँसा मार कर बोले।

इमरान ने दूसरा काग़ज़ उठाया और अपने चेहरे पर किसी क़िस्म के भाव ज़ाहिर किये बग़ैर इस्तीफ़ा लिख दिया।

“मुझे ख़ुद शर्म आती थी?” इमरान ने इस्तीफ़ा रहमान साहब की तरफ़ बढ़ाते हुए कहा। “इतने बड़े आदमी का लड़का और नौकरी करता फिरे, लाहौल विला क़ूवत....”

‘हूँ....लेकिन अब तुम्हारे लिए कोठी में कोई जगह नहीं?” रहमान साहब ने जवाब दिया।

“मैं गैराज में सो जाया करूँगा....आप उसकी फ़िक्र न करें।”

“नहीं! अब तुम फाटक में भी क़दम नहीं रखोगे?”

“फाटक!” इमरान कुछ सोचता हुआ बड़बड़ाने लगा। “चारदीवारी....तो काफ़ी ऊँची है।”

वह ख़ामोश हो गया। फिर थोड़ी देर बाद बोला, “नहीं

जनाब! फाटक में क़दम रखे बग़ैर तो कोठी में दाख़िल होना मुश्किल है।"

"गेट आउट....!"

इमरान सिर झुकाये उठा और कमरे से निकल गया।

◀◀ ● ▶▶

# २

तीन घण्टे के अन्दर-अन्दर पूरे डिपार्टमेंट को मालूम हो गया कि इमरान ने इस्तीफ़ा दे दिया है....इस ख़बर पर सबसे ज़्यादा ख़ुशी कैप्टन फ़ैयाज़ को हुई....वह इमरान का दोस्त ज़रूर था, लेकिन उसी हद तक जहाँ ख़ुद उसके फ़ायदे को ठेस न लगती हो....इमरान के बाक़ायदा नौकरी में आ जाने के बाद से उसकी इज़्ज़त ख़तरे में पड़ गयी थी।

नौकरी में आ जाने से पहले इमरान ने कुछ केसों के सिलसिले में उसकी जो मदद की थी उसकी बिना पर उसकी साख बन गयी थी, लेकिन इमरान के नौकरी में आते ही अमली तौर पर फ़ैयाज़ की हैसियत ज़ीरो के बराबर भी नहीं रह गयी थी।

"इमरान डियर!" फ़ैयाज़ उससे कह रहा था। "मुझे अफ़सोस है कि तुम्हारा साथ छूट रहा है।"

"किसी दुश्मन ने उड़ायी होगी!" इमरान ने लापरवाही से कहा....फिर फ़ैयाज़ का कन्धा थपकता हुआ बोला। "नहीं दोस्त! मैं क़ब्र में भी तुम्हारा साथ नहीं छोड़ूँगा! फ़िलहाल अपने बँगले के दो कमरे मेरे लिए ख़ाली करा दो।"

“क्या मतलब?”

“वालिद साहब कहते हैं कि मैं अब उनकी कोठी में क़दम भी नहीं रख सकता, हालाँकि मुझे यक़ीन है कि मैं रख सकता हूँ।”

“ओह....अब मैं समझा....शायद इसकी वजह वह औरत है!” फ़ैयाज़ हँसने लगा।

“हाँ, वह औरत!” इमरान आँखें फाड़ कर बोला। “तुम मेरे बाप को बदनाम करने की कोशिश कर रहे हो....शट अप यू फ़ूल!”

“मेरा मतलब यह था....!”

“नहीं! बिलकुल शट अप! ख़बरदार, होशियार....तुम मेरी बात का जवाब दो! कमरे ख़ाली कर रहे हो....या नहीं?”

“यार, बात दरअसल यह है कि मेरी बीवी....क्या वह औरत भी तुम्हारे साथ ही रहेगी।”

“उसका नाम रूशी है।”

“ख़ैर, कुछ हो! हाँ, तो मेरी बीवी कुछ और समझेगी।”

“क्या समझेगी।”

“यही कि वह तुम्हारी नौकरानी है।”

“लाहौल विला क़ूवत....मैं तुम्हारी बीवी की बहुत इज़्ज़त करता हूँ।”

“मैं उस औरत के बारे में कह रहा था।” फ़ैयाज़ झेंपा भी और झल्ला भी गया।

"ओह तो ऐसे बोलो ना! अच्छा ख़ैर....अगर तुम बँगले में जगह नहीं देना चाहते तो वह फ़्लैट ही मुझे दे दो जिसे तुम पगड़ी पर उठाने वाले हो।"

"कैसा फ़्लैट?" फ़ैयाज़ चौंक कर उसे घूरने लगा।

"छोड़ो यार! अब क्या मुझे यह भी बताना पड़ेगा कि तुमने चार-पाँच फ़्लैटों पर नाजायज़ तौर पर क़ब्ज़ा कर रखा है!"

"ज़रा धीरे से बोलो! गधे कहीं के!" फ़ैयाज़ चारों तरफ़ देखता हुआ बोला।

"फ़रमान बिल्डिंग वाले फ़्लैट की चाभी मेरे हवाले करो। समझे!"

"ख़ुदा तुम्हें ग़ारत करे!" फ़ैयाज़ उसे घूँसा दिखाता हुआ दाँत पीस कर बोला।

# ३

तीन-चार दिन बाद शहर के एक अख़बार में एक अजीबो-ग़रीब इश्तहार छपा। जिसकी सुर्ख़ी थी, 'तलाक़ हासिल करने के लिए हमसे मिलें।'

इश्तहार का मज़मून था :

> "अगर आप अपने शौहर से तंग आ गयी हैं, तो तलाक़ के अलावा और कोई चारा नहीं....लेकिन अदालत से तलाक़ हासिल करने के लिए शौहर के ख़िलाफ़ ठोस क़िस्म के सबूत पेश करने पड़ते हैं। हम कम मेहनताना ले कर आपके लिए ऐसे सबूत मुहैया कर सकते हैं जो तलाक़ के लिए काफ़ी हों, सिर्फ़ एक बार हमसे मिल कर हमेशा के लिए सच्ची ख़ुशी हासिल कीजिए। मिलने का पता : रूशी ऐण्ड को., फ़रमान बिल्डिंग, फ़्लैट नम्बर ४।"

कैप्टन फ़ैयाज़ ने यह इश्तहार पढ़ा और उसका मुँह हैरत से खुल गया! फ़रमान बिल्डिंग का चौथा फ़्लैट वही था जिसकी चाभी इमरान उससे ले गया था.... रूशी ऐण्ड को.!

फ़ैयाज़ सोचने लगा! रूशी....यह उसी औरत का नाम है जिसे इमरान शादाब नगर से लाया है।

फ़ैयाज़ अपना सिर खुजाने लगा....यह बिलकुल नयी हरकत थी....इससे शहर में अफ़वाहों की लहर दौड़ सकती थी, लेकिन इसे ग़ैरक़ानूनी नहीं कहा जा सकता था....यक़ीनन रूशी ऐण्ड कम्पनी उसके डिपार्टमेंट के लिए एक सिर दर्द बनने वाली थी....

फ़ैयाज़ ने हाथ-पैर फैला कर लम्बी अँगड़ाई ली और सिगरेट सुलगा कर दोबारा इश्तहार पढ़ने लगा।

उसने रूशी के बारे में सिर्फ़ सुना था....उसे देखा नहीं था।

वह थोड़ी देर बैठा सिगरेट पीता रहा....फिर उठ कर दफ़्तर से बाहर आया, मोटर साइकिल सँभाली और फ़रमान बिल्डिंग की तरफ़ रवाना हो गया।

फ़रमान बिल्डिंग तीन मंज़िला इमारत थी और उसके फ़्लैटों में ज़्यादातर प्राइवेट कम्पनियों के दफ़्तर थे।

कैप्टन फ़ैयाज़ चौथे फ़्लैट के सामने रुक गया जिस पर "रूशी ऐण्ड को." का बोर्ड लगा हुआ था....फ़ैयाज़ ने बोर्ड पर लिखी पूरी इबारत पढ़ी।

"रूशी ऐण्ड को....फ़ॉरवर्डिंग ऐण्ड क्लीयरिंग एजेंट्स।"

फ़ैयाज़ ने बुरा-सा मुँह बना कर अपने कन्धों को उचकाया और चिक हटा कर अन्दर दाख़िल हुआ।

कमरे में रूशी और इमरान के अलावा और कोई नहीं

था। फ़ैयाज़ को देख कर इमरान ने कुर्सी की तरफ़ इशारा किया वह रूशी को कुछ लिखवा रहा था...."मैं डॉक्टर वॉटसन...." उसने डिक्टेशन जारी रखा और रूशी की पेन्सिल बड़ी तेज़ी से काग़ज़ पर चलती रही।

आदमी को ज़िन्दगी में कभी-कभी ऐसे हादसे भी पेश आते हैं जो ज़िन्दगी के आख़िरी पलों में भी ज़रूर याद आते हैं।

"मैं डॉक्टर वॉटसन....मरते वक़्त....एक बार यह ज़रूर सोचूँगा....सोचूँ....सोचूँ....सोचूँ....!"

इमरान "सोचूँ....सोचूँ" रटता हुआ कुछ सोचने लगा....रूशी की पेन्सिल रुक गयी....वह पेन्सिल रख कर फ़ैयाज़ की तरफ़ मुड़ी।

"कहिए?" उसने फ़ैयाज़ से कहा।

"कहेंगे!" इमरान ने सिर खुजाते हुए कहा। "ज़रा देखना रजिस्टर में हमारी किसी मुवक्किला का नाम मिसेज़ फ़ैयाज़ तो नहीं है।"

"मुवक्किला!" रूशी ने हैरत जाहिर की।

"ओह....हाँ....अच्छा....डिक्टेशन," इमरान ने फिर उसे लिखने का इशारा किया।

'प्लीज़...." फ़ैयाज़ हाथ उठा कर बोला। "डिक्टेशन फिर होता रहेगा।"

"क्या बात है सुपर फ़ैयाज़!" इमरान ने हैरत से कहा। "क्या तुम अपनी बीवी को तलाक़ देना चाहते हो?"

"तुम्हारी फ़र्म के इश्तहार में मेरा डिपार्टमेंट काफ़ी दिलचस्पी ले रहा है।"

"वेरी गुड!" इमरान सिर हिला कर बोला। "तब तो मैं इसी साल इन्कम टैक्स अदा करने के क़ाबिल हो जाऊँगा।"

"बकवास मत करो।"

"सुपर फ़ैयाज़! तुम्हारा शुक्रगुज़ार हूँगा, अगर तुम अपने डिपार्टमेंट के शादीशुदा लागों की लिस्ट मुझे दे दो। मगर.... हिप....डैडी का नाम उसमें न होना चाहिए।"

"आख़िर इस हरकत का मतलब क्या है?"

"कैसी हरकत?"

"यही इश्तहार....!"

"इश्तहार....हाँ, इश्तहार क्या....?"

"यह क्या मामला है....और तुमने यहाँ फ़ॉरवर्डिंग और क्लीयरिंग का बोर्ड लगा रखा है?"

"यह शादी और तलाक़ का अंग्रेज़ी ट्रांसलेशन है।"

"लेकिन तुम यह गन्दा बिज़नेस नहीं कर सकते।"

"रूशी....तुम दूसरे कमरे में जाओ," इमरान ने रूशी से कहा।

रूशी वहाँ से चली गयी।

"औरत तो ज़ोरदार है!" फ़ैयाज़ अपनी एक आँख दबा कर बोला।

"यही जुमला तुम्हारी बीवी तुम्हारे ख़िलाफ़ अदालत में

सबूत के तौर पर पेश करके तलाक़ ले सकती है।"

"बकवास मत करो! तुम बड़ी मुसीबतों में फँस जाओगे।" फ़ैयाज़ ने कहा।

"क्यों माई डियर! सुपर फ़ैयाज़ ?"

"बस यूँ ही!

"हरकत ग़ैरक़ानूनी तो नहीं....!"

"ग़ैरक़ानूनी...." फ़ैयाज़ कुछ सोचने लगा फिर झल्ला कर बोला, "देखो इमरान, तुम डिपार्टमेंट के लिए सिर दर्द बनने वाले हो।"

"बस....इतनी-सी बात....!"

इमरान कुछ और कहने वाला था कि एक अधेड़ उम्र की औरत कमरे में दाख़िल हुई। उसने दरवाज़े पर ही रुक कर कमरे का जायज़ा लिया....और फिर बिना किसी हिचकिचाहट के बोली। "मैं आपका इश्तहार देख कर आयी हूँ।"

"ओह....अच्छा....मिस रूशी अन्दर हैं।" इमरान ने खड़े हो कर दूसरे कमरे की तरफ़ इशारा किया।

औरत जल्दी से कमरे में चली गयी।

फ़ैयाज़, जो औरत को हैरत से देख रहा था, मेज़ पर कुहनियाँ टेक कर आगे झुकता हुआ धीरे से बोला। "यह तुम क्या कर रहे हो इमरान?"

"बिज़नेस माई डियर....सुपर फ़ैयाज़!" इमरान ने लापरवाही से जवाब दिया।

"इस औरत को पहचानते हो?" फ़ैयाज़ ने पूछा।

"मैं शहर की सारी बूढ़ी औरतों को पहचानता हूँ।"

"कौन है?"

"एक बूढ़ी औरत।" इमरान ने जवाब दिया।

"बको मत यह लेडी तनवीर है।"

"तो इससे क्या फ़र्क पड़ता है।"

फ़ैयाज़ थोड़ी देर तक कुछ सोचता रहा फिर बोला। "आख़िर यहाँ क्यों आयी है?"

"नो सर!" इमरान सिर हिला कर बोला। "हरगिज़ नहीं फ़ैयाज़ साहब! आपको ऐसी बात सोचने का कोई हक़ नहीं....यह मेरा और मेरे मुवक्किलों का मामला है।"

"सर तनवीर की शख़्सियत से शायद तुम वाक़िफ़ नहीं हो। अगर मुसीबत में फँसे तो रहमान साहब भी तुम्हें नहीं बचा सकेंगे।"

"मैं अपने दफ़्तर में सिर्फ़ बिज़नेस की बातें करता हूँ!" इमरान बुरा-सा मुँह बना कर बोला। "अगर तुम मेरे मुवक्किल बनना चाहते हो तो शौक़ से यहाँ बैठो, वरना....बाय! क्या समझे। अभी मैंने कोई चपरासी नहीं रखा है, इसलिए मुझे ख़ुद ही तकलीफ़ करनी पड़ेगी।"

फ़ैयाज़ उसे ग़ुस्से-भरी जैसी आँखों से घूरने लगा! फिर थोड़ी देर बाद बोला।

"सुनो! यह रहने वाला फ़्लैट है और रहने ही के लिए इसका अलॉटमेंट हुआ था। तुम इसमें किसी क़िस्म का दफ़्तर

नहीं खोल सकते, समझे।"

"यार, क्यों बेकार में गरम होते हो। जब बीवी को तलाक़ देना हो तो सीधे यहीं चले आना तुमसे कोई फ़ीस नहीं ली जायेगी।"

"अच्छा, मैं तुम्हें देख लूँगा....याद रखो, अगर एक हफ़्ते के अन्दर-अन्दर तुमने यहाँ से दफ़्तर का बोर्ड न हटवाया तो ख़ुद भुगतोगे।"

"भुगत लूँगा! अब तुम जाओ....यह बिज़नेस का वक़्त है और मेरी पार्टनर तुमसे कभी बेतकल्लुफ़ नहीं होगी। इसलिए रोज़ाना इधर के चक्कर काटने की बात, अगर डॉक्टर नुस्ख़े में न लिखे तो बेहतर है।"

इमरान ने मेज़ पर रखी हुई घण्टी बजायी और फिर हड़बड़ा कर बोला। "लाहौल विला क़ूवत! चपरासी तो अभी रखा ही नहीं है। फिर मैं घण्टी क्यों बजा रहा हूँ! यार फ़ैयाज़, ज़रा लपक कर पाँच रुपए के भुने हुए चने तो लाना....लंच का वक़्त होने वाला है....और एक रुपये की हरी मिर्चें, पुदीना मुफ़्त मिल जायेगा। बस मेरा नाम ले लेना। मैं जाता तो एक टमाटर भी पार कर लाता....ख़ैर कोशिश करना...."

"तुम्हें पछताना पड़ेगा।"

"मैंने अभी शादी तो नहीं की।"

"अच्छा!" फ़ैयाज़ भन्ना कर खड़ा हो गया। कुछ पल इमरान को घूरता रहा फिर कमरे से बाहर निकल गया।

इमरान के होंटों पर शरारती मुस्कुराहट थी।

थोड़ी देर बाद रूशी और लेडी तनवीर बाहर आ गयीं।

रूशी उससे कह रही थी, "आप इत्मीनान रखिए। आपको पल-पल की ख़बर दी जाती रहेगी। और यहाँ सारी बातें राज़ में रहेंगी।"

"शुक्रिया!" लेडी तनवीर ने कहा और बाहर चली गयी।

रूशी कुछ पल खड़ी मुस्कुराती रही। फिर उसने पाँच-पाँच सौ के बीस नोट ब्लाउज़ के अन्दर से निकाल कर इमरान के आगे डाल दिये।

"वाह....वाह...." इमरान ने उल्लुओं की तरह आँखें फाड़ दीं।

"मैं हमेशा पक्का सौदा करती हूँ।" रूशी अकड़ कर बोली।

"यानी....बैठो....बैठो....क्या पियोगी।"

"यह कौन था, जो अभी आया था....?" रूशी ने बैठते हुए पूछा।

"फ़िक्र न करो। ऐसे दर्जनों आते-जाते रहेंगे....हाँ, वह क्या चाहती है।"

"तुम क्या समझते हो....क्या वह अपने शौहर से तलाक़ चाहती होगी....!"

"मैं तो यह भी समझ सकता हूँ कि....ख़ैर....तुम अपनी बात बताओ।"

"वह एक आदमी के बारे में पता करना चाहती है....दस हज़ार एडवांस दिये हैं और बाक़ी चालीस हज़ार पूरी जानकारी

हासिल कर लेने के बाद!"

"आ हा....पचास हज़ार....रूशी! तुमने ग़लती की.... मुझसे सलाह लिये बग़ैर तुम्हें रुपये हरगिज़ नहीं लेने चाहिएँ थे....क्या तुमने उसे रसीद दी है।"

"नहीं, कुछ नहीं! उसने रसीद माँगी ही नहीं।"

"मुझे पूरी बात बताओ, रूशी।

"मेरा ख़याल है कि मामला बिलकुल सीधा-साधा है...." रूशी अक़्लमन्दी दिखाते हुए बोली। "वह इसी शहर के एक आदमी के बारे में मालूम करना चाहती है....और....वह इस जानकारी को तलाक़ के लिए इस्तेमाल नहीं करेगी।"

"वह आदमी कौन है....?"

"मैंने सब लिख लिया है!" उसने काग़ज़ का एक टुकड़ा इमरान की तरफ़ बढ़ाते हुए कहा।

इमरान ने काग़ज़ ले कर उस पर नज़रें जमा दीं।

"हूँ," थोड़ी देर बाद उसने लम्बी अँगड़ाई ली....और आँखें बन्द करके इस तरह आगे की तरफ़ हाथ बढ़ाया जैसे फ़ोन का रिसीवर उठाने का इरादा हो। लेकिन फिर चौंक कर रूशी की तरफ़ देखने लगा।

"फ़ोन तो लेना ही पड़ेगा। उसके बग़ैर काम नहीं चल सकता।"

"फ़ोन गया जहन्नुम में....मैं यहाँ अकेले सोती हूँ, मुझे डर लगता है तुम रात को कहाँ रहते हो? पहले इसका जवाब दो।"

"रूशी! यह मत पूछो....हम सिर्फ़ पार्टनर हैं। हाँ...." इमरान ने दस नोट अलग किये और उन्हें रूशी की तरफ़ खिसकाता हुआ बोला। "अपना हिस्सा रखो....! हो सकता है कि बाक़ी चालीस हज़ार मिलने की नौबत ही न आये।"

"क्यों....?"

"तुमने मुझसे मशविरा किये बग़ैर केस ले लिया। ख़ैर....अभी नयी हो! फिर देखेंगे।"

"क्यों केस में क्या ख़राबी है।"

"वह उसके बारे में जानकारी क्यों लेना चाहती है।"

"यह उसने नहीं बताया।"

"कच्चा काम है पार्टनर!" इमरान सिर हिला कर बोला। "ख़ैर, मैं देखूँगा।"

"क्या देखोगे?"

"यह एक....ख़ैर, हाँ देखो....यह औरत यहाँ की मशहूर शख़्सियतों में से है....!"

"अच्छा!"

"हाँ, लेडी तनवीर....!"

"लेडी....!" रूशी ने हैरत से कहा।

"हाँ लेडी! तुम्हें हैरत क्यों है?"

"उसने मुझे अपना नाम मिसेज़ रफ़अत बताया था।"

"यही मैं कह रहा था कि कुछ घपला ज़रूर है....ख़ैर....! वह अपनी असलियत भी छिपाना चाहती है और एक ऐसे आदमी

के बारे में जानकारी हासिल करना चाहती है जो उसकी बिरादरी का नहीं हो सकता।"

"क्यों तुमने बिरादरी का अन्दाज़ा कैसे कर लिया?"

"उसका पता!" इमरान सिर हिला कर रह गया।

"पूरी बात बताओ?" रूशी झुँझला गयी।

"वह एक ऐसी बस्ती है, जहाँ आम तौर पर मज़दूर बसते हैं....और जो तुम यह नम्बर देख रही हो, यह किसी आलीशान इमारत का नम्बर नहीं है, बल्कि एक मामूली-सी कोठरी का नम्बर है जिसमें मुश्किल से एक बड़ा पलँग आ सकेगा।"

"ओह! तब तो....!"

"तुम मुझसे भी ज़्यादा बेवक़ूफ़ हो रूशी....मगर ख़ैर! परवाह न करो। तुम इस पेशे में बिलकुल नयी हो।"

"नहीं, इमरान डियर....अगर इसमें ख़तरा हो तो....हम उसके रूपये वापस कर दें।"

"घास खा गयी हो शायद! रुपये वापस करोगी। भूखी मरने का इरादा है क्या।"

"बैंक में मेरे पचास हज़ार रुपये हैं।" रूशी बोली।

"उन्हें मेरे कफ़न-दफ़न के लिए पड़ा रहने दो।" इमरान ने ठण्डी साँस ली।

"तुमने इस्तीफ़ा क्यों दिया, वाक़ई तुम उल्लू हो।"

"क्या तुम फिर अपनी पिछली ज़िन्दगी की तरफ़ लौट जाना चाहती हो।"

"हरगिज़ नहीं! यह ख़याल कैसे आया?" रूशी उसे घूरने लगी।

"कुछ नहीं! अच्छा, मैं चला!" इमरान उठता हुआ बोला।

"कहाँ चले?"

"उसके लिए जानकारी हासिल करूँगा, और हाँ अगर यहाँ कोई पुलिस वाला आ कर हमारी फ़र्म के बारे में पूछ-ताछ करे तो उसे मेरा कार्ड दे कर कहना कि फ़र्म का डायरेक्टर यही है। मुझे उम्मीद है कि वह चुपचाप वापस चला जायेगा।"

◀◀ ● ▶▶

# ४

इमरान शाही बाग़ के इलाके में पहुँच कर एक जगह रुक गया वह यहाँ तक अपनी टू-सीटर पर आया था....गाड़ी सड़क के किनारे खड़ी करके वह आगे बढ़ गया। मज़दूरों की वह बस्ती यहाँ से ज़्यादा दूर नहीं थी जहाँ उसे पहुँचना था। उसके हाथ में एक बैग था और हुलिये से कोई डॉक्टर मालूम होता था। वह कमरों की एक लाइन के सिरे पर रुक गया। जिस आदमी के बारे में उसे जानकारी लेनी थी, वह उसी लाइन के एक कमरे में रहता था।

इमरान ने खुले हुए कमरों के दरवाज़ों पर दस्तक देनी शुरू की, लेकिन क़रीब-क़रीब हर जगह से उसे यही जवाब मिला कि टीके लग चुके हैं। उसने दो-एक आदमियों के बाज़ू भी खुलवा कर देखे। फिर आख़िरकार वह उस कमरे के सामने पहुँचा जिसमें वह आदमी रहता था। दरवाज़ा अन्दर से बन्द था। इमरान ने दस्तक दी, लेकिन जवाब नहीं मिला....वह बराबर दस्तक देता रहा....

"चले जाओ....ख़ुदा के लिए!" थोड़ी देर बाद अन्दर से आवाज़ आयी। "क्यों परेशान करते हो मुझे। किसी से नहीं

मिलना चाहता।"

"मैं डॉक्टर हूँ।" इमरान ने कहा। "क्या आप टीका नहीं लगवायेंगे? यह बहुत ज़रूरी है हर एक के लिए।"

"मैं इसकी ज़रूरत नहीं समझता....आप जा सकते हैं।"

"अगर आपको इस शहर में रहना है तो आप टीके के बग़ैर नहीं रह सकते। क्या आप नहीं जानते कि इस मौसम में हमेशा महामारी फैलने का ख़तरा रहता है।"

अन्दर से फिर कोई जवाब नहीं मिला।

बाहर कई आदमी इकट्ठे हो गए थे। उनमें से एक बोला। "वह बाहर नहीं आयेगा साहब।"

"क्यों?" इमरान ने हैरानी ज़ाहिर की।

"वह किसी से नहीं मिलता....बड़े-बड़े लोग कारों पर बैठ कर आया करते हैं, लेकिन वह उन्हें टका-सा जवाब दे देता है।"

"यह बात है....अच्छा....मुझे उसके बारे में बताइए। मैं देखूँगा कि वह कैसे टीका नहीं लगवाता।"

इमरान उस कमरे के सामने से हट आया। वे लोग जो अपने पड़ोसी के बारे में डॉक्टर को कुछ बताना चाहते थे, बदस्तूर उसके साथ लगे रहे। एक जगह इमरान रुक कर बोला। "उसका नाम क्या है?"

"नाम तो शायद किसी को भी मालूम न हो।"

"वह करता क्या है?"

"यह भी नहीं बताया जा सकता....एक महीने पहले यह कमरा किराये के लिए ख़ाली था। वह आया और यहाँ ठहर गया। दो-तीन दिन तक तो उसकी शक्ल दिखाई दी, उसके बाद से वह कमरे में बन्द रहने लगा.... कोई नहीं जानता कि उसका पेशा क्या है।"

"आप में से किसी ने कभी उसे देखा भी है?"

"क़रीब-क़रीब सभी ने देखा होगा, मगर उन्हीं दिनों में जब उसे यहाँ आये हुए ज़्यादा वक़्त नहीं गुज़रा था। शुरू में वह पड़ोसियों से भी मिला करता था। लेकिन फिर अचानक उसने ख़ुद को इस कमरे में क़ैद कर लिया।

"देखने से कैसा मालूम होता है?" इमरान ने पूछा।

"देखने से," बताने वाला कुछ सोचने लगा। फिर उसने कहा। "देखने से वह बहुत ही शरीफ़ मालूम होता है।"

"हैसियत?"

"हैसियत वही, जो इस बस्ती के दूसरे आदमियों की है।"

"लेकिन अभी कोई कह रहा था कि उससे मिलने के लिए बहुत बड़े-बड़े लोग आते हैं।"

"इसी पर तो हैरानी है! उसकी हैसियत ऐसी नहीं है कि वह कार रखने वालों से इस हद तक लगाव रख सके.... लेकिन...."

"लेकिन क्या?" इमरान ने उससे पूछा।

"कुछ नहीं! यही कि वह उन लोगों से भी मिलना नहीं पसन्द करता। ओह ज़रा देखिए! वह कार इधर ही आ रही

है....आप देखिएगा तमाशा! वे लोग कितनी इज़्ज़त के साथ उससे बाहर निकलने को कहते हैं।"

सामने से एक कार आ रही थी। हालाँकि यह गली ऐसी नहीं थी कि यहाँ कोई अपनी कार लाने की हिम्मत करता, मगर वह कार किसी-न-किसी तरह गली में घुस ही पड़ी थी।

स्टीयरिंग के पीछे एक आदमी बैठा दिख रहा था। कार ठीक उस कमरे के सामने रुक गयी। वह आदमी कार से उतर कर दरवाज़े पर दस्तक देने लगा। दूरी ज़्यादा होने के कारण इमरान कमरे के अन्दर से आने वाली आवाज़ न सुन सका, लेकिन वह दस्तक देने वाले को आसानी से देख सकता था। उसकी आवाज़ भी सुन सकता था।

इमरान ख़ामोशी से उसे देखता रहा, फिर उसने उसे दरवाज़े के पास से हटते देखा। वह अपनी कार की तरफ़ वापस जा रहा था।

"मैं उसके भी टीका लगाऊँगा।" इमरान बड़बड़ाया और पास खड़े हुए लोग मुँह बन्द करके हँसने लगे।

इमरान उन्हें वहीं छोड़ कर आगे बढ़ गया। वह गलियों में घुसता हुआ फिर सड़क पर आ गया....और ठीक उस गली के सिरे पर जा खड़ा हुआ, जिससे उस आदमी की कार आने की उम्मीद थी।

जैसे ही कार गली से निकली, इमरान रास्ता रोक कर खड़ा हो गया।

"क्या बात है?" कार वाले ने हैरानी से पूछा।

“क्या आप महामारी का टीका ले चुके हैं?”

“नहीं! क्यों?”

“तब तो मैं टीके लगाये बग़ैर आपको यहाँ से न जाने दूँगा। इस बस्ती में दो-एक केस हो चुके हैं।”

“आप कौन हैं?” कार वाला उसे घूरता हुआ बोला।

“मेडिकल ऑफ़िसर ऑन आउटडोर ड्यूटीज़,” इमरान ने संजीदगी से कहा। “हमें सबको यह टीका लगाने का हुक्म मिला है। इनकार करने वाले पुलिस के हवाले भी किये जा सकते हैं।”

कार वाला हँसने लगा।

“जाने दीजिए!” उसने स्टीयरिंग घुमाते हुए कहा।

“मैं ज़बर्दस्ती लगाऊँगा। अगर आप इनकार करेंगे तो मैं आपकी कार मैं ही में बैठ कर कोतवाली तक चलूँगा।”

“चलो,” उसने लापरवाही से कहा फिर अपनी जेब में हाथ डालता हुआ बोला। “तुम कार्ड ले कर भी कोतवाली जा सकते हो। मैं वहाँ सीधे बुला लिया जाऊँगा।”

इमरान ने उसका कार्ड ले कर पढ़ा। जिस पर “सर तनवीर” लिखा हुआ था।

“सर तनवीर,” इमरान धीरे से बड़बड़ाया।

“जनाब....आप मेरे ख़िलाफ़ एक शिकायतनामा लिख कर इस कार्ड के साथ जिसे चाहें भेज सकते हैं। अब इजाज़त दीजिए।”

कार फ़र्राटे भरती हुई आगे निकल गयी। इमरान बायें हाथ से अपना माथा रगड़ रहा था।

तो यह सर तनवीर है....इसकी बीवी ने उस आदमी के बारे में जानकारी हासिल करने के लिए दस हज़ार रुपए नक़द दिये थे....चालीस हज़ार और देने का वादा था....मामला उलझ गया। इमरान काफ़ी देर तक वहीं खड़ा ख़यालों में खोया रहा।

◀◀ ● ▶▶

# ५

थोड़ी देर बाद वह एक पब्लिक टेलीफोन बूथ में सर तनवीर के फोन नम्बर डायल कर रहा था।

"हैलो....! कौन है....क्या लेडी साहिबा हैं? ओह.... अच्छा आप ज़रा उन्हें इत्तला दे दें....शुक्रिया....!"

इमरान कुछ पल खामोश रहा फिर बोला। "हैलो....! लेडी तनवीर....देखिए, मैं रूशी ऐण्ड कम्पनी का एक नुमाइन्दा हूँ....जी हाँ ....बहुत ज़रूरी....आपको एक ज़रूरी बात बताना चाहता हूँ....जी हाँ....जी हाँ ....वही मामला है, मिलेंगी.... शुक्रिया।"

इमरान रिसीवर हुक में लगा कर बूथ से निकल आया।

अब उसकी टू-सीटर टिपटॉप नाइट क्लब की तरफ़ जा रही थी। सूरज डूब चुका था और धीरे-धीरे अँधेरा फैलता जा रहा था।

नाइट क्लब में इमरान को ज़्यादा देर तक लेडी तनवीर का इन्तज़ार नहीं करना पड़ा....दोनों ऐसे कोने में जा बैठे जहाँ वे आसानी से हर तरह की बातचीत कर सकते थे।

"क्या बात है?" लेडी तनवीर बोली। "मेरा ख़याल है कि मैं पहले भी कहीं आपको देख चुकी हूँ।"

"मेरे दफ़्तर में ही देखा होगा....मैं रूशी की फ़र्म का जूनियर पार्टनर हूँ।"

"ओ हो....अच्छा....हाँ, मैंने वहीं देखा था।" लेडी तनवीर ने सिर हिला कर कहा। "ख़ास बात क्या है?"

"मिस्टर तनवीर भी उस आदमी में दिलचस्पी ले रहे हैं।" इमरान ने एकदम से कहा और लेडी तनवीर के चेहरे पर नज़र जमा दी।

"नहीं!" लेडी बुरी तरह चौंक पड़ी।

"जी हाँ....?"

लेडी तनवीर का चेहरा अचानक पीला पड़ गया। वह बार-बार अपने होंटों पर ज़बान फेर रही थी।

"तुम किस तरह कह सकते हो?"

"मैंने उन्हें अपनी आँखों से उस आदमी के दरवाज़े पर दस्तक देते हुए देखा है।"

"क्या वह सर तनवीर से मिला था?"

"नहीं! वह किसी से नहीं मिलता....उसका कमरा हर वक़्त बन्द रहता है। मेरा ख़याल है कि अभी तक उन दोनों की मुलाक़ात नहीं हुई। पड़ोसियों का कहना है कि उसके दरवाज़े पर कारें आती हैं। बड़े-बड़े आदमी उससे मिलना चाहते हैं, लेकिन वह किसी से भी नहीं मिलता।"

लेडी तनवीर कुछ देर तक ख़ामोश रही फिर धीरे से बोली,

"अगर सर तनवीर भी इसमें दिलचस्पी ले रहे हैं तो उसे यहाँ से चला जाना चाहिए।"

"लेकिन आपने मेरे दफ़्तर में अपना नाम और पता ग़लत क्यों लिखवाया है?" इमरान ने पूछा।

"ओह....मैंने ग़लती की थी....मेरी मदद करो। मेरी नीयत में कोई खोट नहीं था। सिर्फ़ राज़दारी के ख़याल से मैंने ऐसा किया था, वरना तुम्हारे फ़ोन पर यहाँ दौड़ी न आती। साफ़ कह देती कि तुम्हें ग़लत-फ़हमी हुई है। मैं किसी रूशी ऐण्ड कम्पनी को नहीं जानती।"

"लेकिन वह है कौन?"

"यह नहीं बता सकती....पहले मैं यह चाहती थी कि उसके यहाँ आने का मक़सद मालूम करूँ, मगर अब यह चाहती हूँ कि वह इस शहर ही से चला जाये....क्या तुम मेरी मदद कर सकोगे....बोलो....मुआवज़ा एक लाख....और तुम्हें यह भी मालूम करना होगा कि सर तनवीर की पहुँच उस तक कैसे हुई।"

"देखिए मैडम....मामला बड़ा टेढ़ा है...."

"क्यों, टेढ़ा क्यों है?" लेडी तनवीर उसे घूरने लगी। वह अपनी हालत पर क़ाबू पा चुकी थी।

"आप उस आदमी में दिलचस्पी क्यों ले रही हैं जब कि वह आपकी बिरादरी का भी नहीं?"

"एक लाख की पेशकश तुम्हारी शक्ल देखने के लिए नहीं है!" लेडी तनवीर ने ऐंठते हुए कहा।

"मैं कभी इस ग़लत-फ़हमी में नहीं पड़ा।" इमरान मुस्कुरा कर बोला।

"एक लाख सिर्फ़ इसीलिए हैं कि तुम किसी बात की वजह पूछने की बजाय काम करोगे।"

"बहुत ख़ूब! अब मैं समझ गया। लेकिन लेडी तनवीर....अगर वह यहाँ से जाने पर तैयार न हुआ तो....उस सूरत में मुझे क्या करना होगा।"

"तो अब सूरत भी मैं ही बताऊँ....एक लाख...."

"ठहरिए....एक दूसरी बात भी समझ में आ रही है!" इमरान ने धीरे से कहा। कुछ पल ख़ामोश रहा फिर बोला। "अगर वह जाने पर तैयार न हो तो दूसरी सूरत भी हो सकती है।"

"क्या?" लेडी तनवीर आगे की तरफ़ झुक गयी।

"उसे क़त्ल कर दिया जाये?"

लेडी तनवीर घबरा कर पीछे हट गयी। उसकी आँखें हैरत और ख़ौफ़ से फैल गई थीं।

"नन....नहीं....हरगिज़ नहीं।" वह हकलायी।

"फिर सोच लीजिए! कभी-कभी राज़दारी के लिए सब कुछ करना पड़ता है।"

"क्या मतलब?" लेडी तनवीर अचानक चौंक पड़ी।

"सर तनवीर उसमें दिलचस्पी ले रहे हैं।" इमरान धीरे से बड़बड़ाया।

"साफ़-साफ़ कहो लड़के! मुझे परेशान न करो।"

"ख़ैर, हटाइए! यह ज़रूरी बात नहीं....मुझे तो सिर्फ़ इतना करना है कि उसे यहाँ से खिसका दूँ....अगर न जाये तो....बोलिए....ख़त्म कर दिया जाये न उसे।"

"नहीं....हरगिज़ नहीं।"

"किसी को कानों-कान ख़बर न होगी....और एक लाख में सिर्फ़ पचास का इज़ाफ़ा....डेढ़ लाख में मामला फ़िट।"

"क्या तुम लोग यह भी करते हो?"

"लोग नहीं, सिर्फ़ रूशी।"

"क्या वह ऐंग्लो इण्डियन लड़की?"

"जी हाँ! बस यह समझिए जिसे एक बार देख लिया वह हमेशा के लिए क़त्ल हो गया।"

"क्या बकवास है।"

"आ हाँ....यही तो आप नहीं समझीं! क़त्ल से मेरी मुराद यह थी कि रूशी उसे अपने इश्क़ के जाल में फँसा कर यहाँ से हटा ले जायेगी।"

"कच्चा ख़याल है। पहली बात तो वह बूढ़ा है। दूसरी, पक्का किरदार का मालिक....यह तरीक़ा बिलकुल बेकार साबित होगा।"

"शायद उसकी आप ही की-सी उम्र होगी।" इमरान ने पूछा और ग़ौर से उसके चेहरे का जायज़ा लेने लगा। लेडी तनवीर ने फ़ौरन जवाब नहीं दिया। वह काफ़ी चालाक औरत थी। उसने लापरवाही से कहा। "यह बिलकुल बेकार सवाल है।"

"अच्छा, अब मैं कुछ नहीं पूछूँगा, सिर्फ़ इतना बता दीजिए

कि आप उसे कब से जानती हैं।"

"यह भी ग़ैरज़रूरी है...."

"ख़ैर....मगर मुझे हैरत है कि सर तनवीर की पहुँच उस तक कैसे हुई....अगर वे....उसे जानते हैं तो फिर आपकी बातें मनगढ़न्त साबित होंगी।

"तुम मुझसे क्या उगलवाना चाहते हो।" लेडी तनवीर यूँ ही मुस्कुरा पड़ी।

"यही कि यहाँ आने पर उसने आपसे मिलने की कोशिश की थी या नहीं।"

"तुम ग़लत समझे हो...." लेडी तनवीर ने संजीदगी से कहा। "वह कोई ऐसा आदमी नहीं है जिससे मुझे ब्लैकमेलिंग का ख़तरा हो। उससे किसी तरह मिलो और इस बात पर तैयार करो कि वह यहाँ से चला जाये। तुम उसे बता सकते हो कि यह लेडी तनवीर की ख़्वाहिश है।"

"और अगर सर तनवीर ने यह ख़्वाहिश ज़ाहिर की कि वह यहीं रह जाये तो?" इमरान ने पूछा।

"सर तनवीर!" लेडी तनवीर के चेहरे पर उलझन के आसार नज़र आने लगे। "मैं नहीं समझ सकती कि सर तनवीर उसे किस तरह जानते हैं और उसमें क्यों दिलचस्पी ले रहे हैं।"

"अच्छा, अगर सर तनवीर को मालूम हो जाये कि आप भी इसमें दिलचस्पी ले रही हैं तो उन पर इसका क्या असर होगा।"

लेडी तनवीर कुछ मिनट इमरान को ग़ौर से देखती रही,

फिर बोली। "लड़के, तुम बहुत चालाक हो। मगर इस चक्कर में न पड़ो। वैसे इतना ज़रूर कहूँगी कि सर तनवीर की मुलाक़ात उससे न होने पाये तो बेहतर है....बस, अब जाओ....इस दौरान अगर कोई ख़ास ज़रूरत पेश आये तो मुझे फ़ोन कर सकते हो....मुझे यक़ीन है कि तुम इस काम को बेहतर तौर पर कर सकोगे।"

"सिर्फ़ एक बात और!" इमरान जल्दी से बोला।

"नहीं, अब कुछ नहीं।" लेडी तनवीर अपना पर्स उठाते हुए बड़बड़ायी।

"पहले आप सिर्फ़ उस आदमी के बारे....!"

"शट अप!" लेडी तनवीर मुस्कुरा कर आगे बढ़ गयी! इमरान उसे जाते देखता रहा....

# ६

रात बहुत अँधेरी थी....शाम ही से बादल मँडरा रहे थे और अब तो पूरा आसमान बादलों से ढँक गया था। इमरान लेडी तनवीर के बारे में सोचता हुआ अपनी टू-सीटर चला रहा था। कुछ ही देर पहले उससे जो बातें हुई थीं वे काफ़ी पेचीदा थीं। वह एक लाख ख़र्च करने का इरादा रखती है और काम सिर्फ़ इतना था कि उस गुमनाम आदमी को शहर से कहीं और भेज दिया जाये और वह आदमी लेडी तनवीर की बिरादरी से ताल्लुक़ नहीं रखता था।

इस सिलसिले में सिर्फ़ एक ही बात सोची जा सकती थी। कि हो सकता है कि कभी लेडी तनवीर से उसके नाजायज़ ताल्लुक़ात रहे हों....और अब उसे उस आदमी से ब्लैकमेलिंग का ख़तरा हो।

मगर....यह ख़याल भी ज़्यादा देर तक क़ायम न रह सका, क्योंकि लेडी तनवीर ज़्यादा परेशान मालूम नहीं होती थी। हालाँकि सर तनवीर के हवाले से भी उसने जो थोड़ी-बहुत बेचैनी ज़ाहिर की थी, वह इमरान को बनावटी ही मालूम हुई थी। यानी वह बेकार ही यह ज़ाहिर करना चाहती थी कि सर तनवीर की

मुलाक़ात उस आदमी से नहीं होनी चाहिए।

केस दिलचस्प था....इमरान ने फिर टू-सीटर का रुख़ शाही बाग़ ही की तरफ़ मोड़ दिया। वह एक बार फिर उस सन्दिग्ध आदमी के कमरे का दरवाज़ा खुलवाने की कोशिश करना चाहता था....

कार एक महफ़ूज़ जगह छोड़ कर वह मज़दूरों की बस्ती की तरफ़ पैदल चल पड़ा।

इस वक़्त उस बस्ती में बिलकुल अँधेरा था....गलियों में कहीं-कहीं लैम्प की रोशनी के धब्बे दिख जाते....यह रोशनी भी उन मज़दूरों के कमरों की थी जिन्हें शायद मिलों में रात की शिफ़्ट पर काम करने जाना था....

इमरान गलियों से गुज़रता रहा, लेकिन किसी ने भी उसकी तरफ़ ध्यान नहीं दिया। कभी-कभार एक आध कुत्ता ग़ुर्राता और फिर ख़ामोश हो कर बैठ जाता।

वह उसी गली में पहुँच गया जहाँ उसे जाना था.... फिर वह उस कमरे की तरफ़ बढ़ ही रहा था कि अचानक उसे ठिठक जाना पड़ा, क्योंकि किसी ने कमरे का दरवाज़ा अन्दर से खोला था।

वह एक तरफ़ हट गया....किसी ने कमरे से निकल कर दरवाज़ा बन्द किया। उसने अपने दायें हाथ में कोई भारी-सी चीज़ लटका रखी थी। फिर इमरान ने उसे गली के दूसरे सिरे की तरफ़ जाते देखा। इमरान भी धीरे-धीरे चलने लगा। लेकिन वह एक दीवार से लिपटा हुआ आगे बढ़ रहा था। उसने महसूस कर लिया था कि कोई उसका पीछा कर रहा है।

सड़क पर पहुँच कर उस आदमी ने अपनी रफ़्तार बढ़ा दी, लेकिन यहाँ वह चोरों की तरह इधर-उधर नहीं देख रहा था....उसका रुख़ ताँगा स्टैंड की तरफ़ था।

इमरान भी चलता रहा....और फिर जब वह एक ताँगे पर बैठ गया तो इमरान ने अपनी कार की तरफ़ दौड़ना शुरू कर दिया जो वहाँ से काफ़ी दूरी पर थी....और ताँगा उल्टी दिशा में जा रहा था।

कार तक पहुँचते-पहुँचते ताँगा नज़रों से ग़ायब हो गया। इमरान को बड़ी मायूसी हुई, मगर उसने हिम्मत नहीं हारी।

कार स्टार्ट करके वह भी उधर ही रवाना हो गया जिधर ताँगा गया था। उसे यक़ीन था कि अगर ताँगा किसी घनी बस्ती में न मुड़ा तो उसे ज़रूर मिल जायेगा।

सड़क सुनसान थी। आगे चल कर कार की हेड लाइट में ताँगा दिखाई दिया....लेकिन यह ज़रूरी नहीं था कि यह वही ताँगा रहा हो जिसकी उसे तलाश थी....उसने कार की रफ़्तार बहुत कम कर दी।

साथ ही उसने महसूस किया कि ताँगा की रफ़्तार पहले से ज़्यादा हो गयी है....और फिर एक जगह अचानक ताँगा रुक गया....सड़क पर आगे चढ़ाई थी....और ताँगा कार से ज़्यादा ऊँची जगह पर था। अचानक वह कार की रोशनी में आ गया और इमरान ने पीछे बैठे हुए आदमी की शक्ल अच्छी तरह देख ली....लेकिन पहनावे से वह कोई मज़दूर या कम हैसियत का आदमी नहीं मालूम होता था। जिस्म पर एक लम्बा कोट था और सिर पर हैट....दाढ़ी से बूढ़ा मालूम होता था, क्योंकि

वह बिलकुल सफ़ेद थी।

उसने जल्दी से हैट का कोना चेहरे पर झुका लिया और कोट के कॉलर खड़े कर लिये....शायद घोड़े के साज़ में कोई ख़राबी आ गयी थी जिसे ताँगे वाला नीचे खड़ा ठीक कर रहा था।

इमरान ने रफ़्तार और कम करके बेकार में हॉर्न देना शुरू कर दिया। हालाँकि वह क़तरा कर भी निकल सकता था....मक़सद दरअसल ये था कि वह कोचवान और सवार को धोखे में रख कर ताँगे के क़रीब पहुँच जाये।

"अबे ओ ताँगे वाले.... ख़रगोश की औलाद!" इमरान ताँगे के क़रीब पहुँच कर गरजा।

"साहब, बहुत जगह है!" ताँगे वाले ने कहा।

"किधर जगह है....?" इमरान कार से उतर कर चीख़ा। "बढ़ाओ....सड़क के नीचे उतारो।"

वह ताँगे की पिछली सीट के क़रीब पहुँच चुका था।

"यह तो ज़बर्दस्ती की बात है जनाब!" ताँगे वाला भी झल्ला गया।

इमरान पिछली सीट पर हाथ रखता हुआ धीरे से बोला। "सरकार, मुझे लेडी तनवीर ने भेजा है।"

बूढ़ा खाँस कर रह गया।

"मैं आप ही से कह रहा हूँ।" इमरान ने कहा।

लेकिन दूसरे ही पल में कोई ठण्डी-सी चीज़ उसके माथे पर आ गिरी।

"पीछे हट जाओ!" बूढ़ा धीमी आवाज़ में बोला। "मोरीना सलानियो को कुतियों की मौत मरना पड़ेगा। यह बूढ़े ग़ज़ाली का फ़ैसला है।"

"लेकिन मैंने क्या क़सूर किया है, चचा ग़ज़ाली!" इमरान ने शरीफ़ाना अन्दाज़ में कहा।

"तुम्हारा कोई क़सूर नहीं है....इसीलिए तो ट्रिगर अपनी जगह पर है....वरना तुम्हारी खोपड़ी में एक रंगीन-सा सूराख़ हो जाता।"

"और मैं उसे देख कर ख़ुश भी न हो पाता।" इमरान ने एक लम्बी साँस ली....इतने में ताँगे वाले ने आगे बढ़ना चाहा, लेकिन बूढ़े ने उसे रोक दिया।

"मोरीना से कह दो....कि ग़ज़ाली बच्चा नहीं है।"

"मैं किसी मोरीना को नहीं जानता चचा ग़ज़ाली! मुझे तो लेडी तनवीर ने भेजा है। अगर उन्हीं का नाम मोरीना....तो मुझे मोनोबाओ रेलवे स्टेशन तक पैदल जाना पड़ेगा...."

"लेडी तनवीर....!" बूढ़ा धीरे से बड़बड़ाया...."लेडी तनवीर....!"

ऐसा लग रहा था कि जैसे वह कुछ याद करने के लिए अपने ज़ेहन पर ज़ोर दे रहा हो।

"सर तनवीर की बीवी तो नहीं?" उसने पूछा।

"आप समझ गये न। देखिए मैं न कहता था....हाँ!"

"लेकिन उसने क्यों भेजा है?"

"बस, समझ जाइए!" इमरान हँसने लगा।

"क्या समझ जाऊँ?"

"वही न! जो लेडी तनवीर आपसे चाहती हैं।"

"मैं क्या बता सकता हूँ कि वह क्या चाहती है?" बूढ़ा बोला।

"वह चाहती हैं कि आप इस शहर से चले जाइए।"

"ओ हो....मैं समझा!" बूढ़े ने भर्रायी हुई आवाज़ में कहा। "लेकिन उसे फ़िक्रमन्द न होना चाहिए! उससे कह देना कि ग़ज़ाली अपने एक निजी काम से यहाँ आया था, जिस दिन हो गया, यहाँ से चला जायेगा! वह यहाँ रहने के लिए नहीं आया।"

"मगर....आप सर तनवीर से मिलते क्यों नहीं?" इमरान ने पूछा।

"मैं नहीं जानता था कि वह यहीं रहता है! लेडी तनवीर से कह देना। ग़ज़ाली दिल का बुरा नहीं है....अच्छा, अब तुम जा सकते हो....!"

बूढ़े ने रिवॉल्वर उसके माथे से हटा ली।

"मगर चचा! सर तनवीर तो बराबर आपके कमरे का दरवाज़ा पीटते रहे हैं।"

"सर तनवीर!" बूढ़े की आवाज़ में हैरत थी।

"हाँ चचा ग़ज़ाली...."

"मैं नहीं समझ सकता!" बूढ़ा बड़बड़ा कर रह गया....

"सर तनवीर आपसे क्या चाहते हैं?"

"बस जाओ....! जो कुछ मैंने कहा है लेडी तनवीर से

कह देना....ताँगा बढ़ाओ।"

घोड़े की टापें सन्नाटे में गूँजने लगीं....और इमरान ने चिल्ला कर पूछा। "चचा ग़ज़ाली, आपके पास रिवॉल्वर का लाइसेंस तो होगा ही!"

"हाँ भतीजे....तुम इत्मीनान रखो!" बूढ़े की आवाज़ आयी....ताँगा काफ़ी दूर निकल गया था।

◀◀ ● ▶▶

# ७

दूसरी सुबह के सारे अख़बार ऐलफ्रेड पार्क में किसी अधेड़ उम्र आदमी की लाश बरामद होने की कहानी सुना रहे थे। पुलिस का नज़रिया और दूसरे पहलू भी छपे थे। इमरान अपने तलाक़ दफ़्तर में उदास बैठा था....रूशी दूसरे कमरे से निकल कर शायद चाय का पैकेट लेने के लिए बाहर जाने लगी....इमरान ने बड़ी फुर्ती से अपनी दायीं टाँग आगे बढ़ा दी। रूशी बेख़बर थी इसलिए पेट के बल धड़ाम से ज़मीन पर जा गिरी। साथ ही उसके मुँह से इमरान के लिए कुछ ग़लत जुमले भी निकल गये।

मगर इमरान ने कुछ इस तरह गर्दन हिला कर "ठीक है" कहा जैसे उसने रूशी की बातें सुनी ही न हों। वह आगे की तरफ़ झुका हुआ होंट सिकोड़े उसे देख रहा था....रूशी के ज़मीन से उठते ही वह सीधा हो कर बैठ गया।

"तुम बिलकुल जंगली हो!" रूशी पैर पटक कर चीख़ी।

"सब ठीक है जाओ!" इमरान ने बड़ी संजीदगी से कहा।

"नहीं जाऊँगी!" रूशी ने रुँधी आवाज़ में कहा और फिर कमरे में वापस चली गयी।

इमरान ने ग़मगीन अन्दाज़ में अपना सिर हिलाया और सामने फैले हुए अख़बार की तरफ़ देखने लगा।

कुछ देर बाद उसने रूशी को आवाज़ दी।

"नहीं आऊँगी!" रूशी ने दूसरे कमरे से ललकारा। "तुम जहन्नुम में जाओ।"

"मुझे रास्ता नहीं मालूम रूशी डियर....वरना कभी का चला गया होता....तुम मेरी बात तो सुनो!"

"नहीं सुनूँगी! मुझसे मत बोलो।"

इमरान को उठ कर उसी कमरे में जाना पड़ा जहाँ रूशी थी....वह पलँग पर औंधी पड़ी हुई दिखी....

"आख़िर बात क्या है?" उसने बड़ी मासूमियत से पूछा।

"चले जाओ यहाँ से। शर्म नहीं आती....औरतों से इस तरह का मज़ाक़ करते हो। बिलकुल जंगली हो।"

"अब मौक़े पर कोई और न मिले तो मैं क्या करूँ!" इमरान ने दबी आवाज़ में कहा। "वैसे मैं यही कोशिश करता हूँ कि औरतों से ये क्या....किसी तरह का मज़ाक़ न करूँ।"

"यहाँ से चले जाओ!" रूशी और ज़्यादा झल्ला गयी।

"तुम कहती हो तो चला जाऊँगा! वैसे मैं तुमसे यह पूछने आया था कि भेड़ के बच्चे को मेमना कहते हैं या भैंस के बच्चे को....और आदमी के बच्चे को सिर्फ़ बच्चा क्यों कहते हैं। आदमी क्यों नहीं कहते।"

रूशी उठ बैठी....कुछ पल इमरान को घूरती रही फिर कुछ कहने ही वाली थी कि बाहर से किसी ने दरवाज़े पर दस्तक

दी। बाहर का दरवाज़ा बन्द था।

"कौन है?" इमरान ने तेज़ आवाज़ में पूछा।

"मैं हूँ फ़ैयाज़!"

"तुम आ गये बेटा!" इमरान धीरे से बड़बड़ाता हुआ दूसरे कमरे में चला गया।

दरवाज़े के क़रीब पहुँच कर वह एक पल के लिए रुका....फिर एक तरफ़ हट कर दरवाज़ा खोल दिया....

जैसे ही फ़ैयाज़ अन्दर आया इमरान की दायीं टाँग उसके पैरों में उलझ गयी....और फ़ैयाज़ बेख़बरी में ज़मीन पर ढेर हो गया....

लेकिन! वह दूसरे ही पल उलट कर इमरान पर आ गिरा....यह और बात है कि इस हरकत से भी तकलीफ़ उसी को हुई हो क्योंकि उसका घूँसा इमरान की बजाय दीवार पर पड़ा था! इमरान एक तरफ़ हट कर ललकारा। "आप के लिए चाय लाऊँ....!"

"चाय के बच्चे! यह क्या हरकत थी?" फ़ैयाज़ ने झपट कर उसका कॉलर पकड़ लिया।

"हाँय....हाँय....!" इमरान धीरे से बोला। "वह देख रही होगी।"

फ़ैयाज़ ने कॉलर छोड़ दिया और बौखला कर दूसरे कमरे की तरफ़ देखने लगा! रूशी सचमुच दरवाज़े पर खड़ी दोनों को हैरत से देख रही थी।

"ओ हो....रूशी....!" इमरान जल्दी से बोला। "इनसे

मिलो....ये फैपटेन कैयाज़....अर्र लाहौल....कैप्टन फ़ैयाज़ हैं! मेरे गहरे दोस्त! हाँ....और यह मेरी पार्टनर रूशी....सीनियर पार्टनर समझो! क्योंकि रूशी ऐण्ड को....! हिप!"

फ़ैयाज़ ने जल्दी में दो-चार जुमले कहे और कुर्सी पर गिर कर हाँफने लगा। वह अब भी इमरान को घूर रहा था।

"रूशी!" इमरान तेज़ आवाज़ में बड़बड़ाया। "अब तो चाय का इन्तज़ाम करना ही पड़ेगा। ये बहुत बड़े आदमी हैं। सी.बी.आई. के सुपरिन्टेंडेण्ट....!"

"ओ हो!" रूशी मुस्कुरा कर बोली। "आपसे मिल कर बड़ी ख़ुशी हुई।"

"मुझे भी!" फ़ैयाज़ जवाब देते हुए मुस्कुराया।

इमरान ने उर्दू में कहा। "फ़ैयाज़ साहब, ख़याल रहे कि मैं तलाक़ दिलवाने का धन्धा करता हूँ। ज़रा अपनी मुस्कुराहट ठीक करो....होंटों के कोने काँप रहे हैं और यह जिन्सी लगावट की पहचान है....यक़ीन मानो मैं तुम्हारी बीवी से एक पैसा फ़ीस नहीं लूँगा! तुम केस भी तो दिलवाओ....ऐसी ख़िदमत करूँगा कि तबियत ख़ुश हो जायेगी तुम्हारी!"

फ़ैयाज़ कुछ न बोला! इमरान के ख़ामोश होते ही रूशी ने पूछा। "क्यों कैप्टन....सी.बी.आई. में इमरान का क्या ओहदा था?"

"मेरा मातहत था!" फ़ैयाज़ ने अकड़ कर कहा।

"अरे ख़ुदा ग़ारत करे....!" इमरान बड़बड़ाया। "अच्छा, मैं तुमसे निपट लूँगा।"

रूशी हँसते हुए दूसरे कमरे में चली गई।

"हाँ, अब बताओ।" फ़ैयाज़ आस्तीन चढ़ाने की कोशिश करता हुआ बोला। "किसी दिन मैं तुम्हारी शेख़ी निकाल दूँगा।"

"शेख़ी नहीं पठानी कहो! मैं पठान हूँ! समझे।"

"तुम कोई भी हो! लेकिन ये क्या हरकत थी....आख़िर कब तक तुम्हारा बचपना बर्दाश्त किया जायेगा।"

"तुम कैप्टन फ़ैयाज़....तुम इसे बचपना कह रहे हो। मुझे हैरत है! अगर तुम जेम्स बॉण्ड के ज़माने में होते तो तुम्हें गोली मार दी जाती और बिलकुल जेम्स बॉण्ड ही की तरह जानता हूँ तुम इस वक़्त यहाँ क्यों आये हो?"

"क्यों आया हूँ?" फ़ैयाज़ ने पूछा।

"मैं यह भी बता सकता हूँ कि किस तरह आये हो।"

"किस तरह आया हूँ।"

"सिर के बल चलते हुए! अब पूछो डॉक्टर वॉटसन कि यह बात मैंने इतने भरोसे के साथ क्यों कही है? जवाब यह है प्यारे वॉटसन कि मुझे तुम्हारे बालों में कुछ छोटे-छोटे तिनके दिखाई दे रहे हैं! हा हा हा....देखा है न यही बात....!"

"बोर मत करो।" फ़ैयाज़ ने बुरा-सा मुँह बनाया। "मैं एक ज़रूरी काम से तुम्हारे पास आया हूँ।"

"मैं आज का अख़बार पूरा पढ़ चुका हूँ।" इमरान संजीदगी से बोला, "हालाँकि वह इश्तहार भी पढ़ डाले हैं जिन्हें शादीशुदा आदमियों के अलावा और कोई शरीफ़ आदमी नहीं पढ़ता।"

"तो तुम समझ गये?" फ़ैयाज़ मुस्कुराया।

"मैं बिलकुल समझ गया....न सिर्फ़ समझ गया, बल्कि काम भी शुरू कर दिया है।"

"क्या मतलब?"

"मतलब मैं ज़रूर बताता, मगर उसी सूरत में अगर घूँसा दीवार पर पड़ने को बजाय मेरे जबड़े पर पड़ा होता.... ख़ैर.... होगा मुझे क्या....जो बोएगा, सो काटेगा.....फ़ैयाज़ साहब! हिप.... अरे....रूशी....चाय!"

"नहीं, मैं चाय नहीं पियूँगा।"

"हालाँकि तुम पिछली रात से अब तक जागते रहे हो अभी तुमने नाश्ता भी नहीं किया! रूशी कटलेट बड़े अच्छे बनाती है! हालाँकि अभी वह भी इसी ज़मीन पर औंधे मुँह गिर चुकी है।"

"वह भी!" फ़ैयाज़ ने हैरत से दोहराया। "इमरान तुम आदमी हो या जानवर...."

"वह भी उस वक़्त से बराबर यही एक सवाल दोहरा रही है!" इमरान ने लापरवाही से कहा। "मैं ख़ुद को हर तरह से इत्मीनान दिलाने की कोशिश करूँगा कि चाहे वह एक ऐंग्लो इण्डियन लड़की हो, चाहे कैप्टन फ़ैयाज़ और अब मुझे यक़ीन आ गया है कि उस लाश के बारे में तुम लोगों का नज़रिया बिलकुल ग़लत है।"

"क्या मतलब?" फ़ैयाज़ सँभल कर बैठ गया।

"तुम्हारा यही नज़रिया है कि मरने वाला किसी चीज़ से

ठोकर खा कर गिरा....उसके माथे में चोट आयी....और कोई ज़हरीली चीज़ इतनी तेज़ी से ज़ख़्म के रास्ते ख़ून में घुस गयी कि गिरने वाले को उठने का भी मौक़ा न मिला....मैं यह नहीं कहता कि मौत के बारे में डॉक्टरों की राय ग़लत है! इस तरह किसी का मर जाना समझ से बाहर है! लेकिन यह ख़याल कि वह ठोकर खा कर गिरा....और उसका माथा ज़ख़्मी हो गया। मगर नहीं, ठहरो, क्या उसकी लाश किसी ऐसी जगह मिली है जहाँ की ज़मीन साफ़ न हो.... या गिरने की सूरत में उसका सिर किसी ऐसी चीज़ से जा टकराया हो जो ज़मीन की सतह से ऊँची हो!"

"नहीं....! लाश ऐलफ़्रेड पार्क में मिली थी और वहाँ दूर-दूर तक कोई ऐसी चीज़ नहीं थी जो ज़मीन की सतह से ऊँची हो।"

"तब मेरी जान यह बताओ कि तुम्हारा माथा क्यों नहीं ज़ख़्मी हुआ....और रूशी भी बेदाग़ माथा लिये घूम रही है। तुम दोनों ही बेख़बरी में काफ़ी दूर से गिरे थे....! बताओ!"

फ़ैयाज़ पलकें झपकाने लगा....!

"मेरा दावा है अगर उस वक़्त तुम दोनों के नज़दीक कोई दीवार या कुर्सी या पेड़ का तना होता तो यक़ीनन तुम्हारे माथे ज़ख़्मी हो जाते!"

"बात तो ठीक है! मगर क्यों?"

"फ़ितरत! अपनी हिफ़ाज़त आप करने की कोशिश! जब हम मुँह के बल गिरते हैं तो कोशिश किये बग़ैर ही हमारी हथेलियाँ या कुहनियाँ ज़मीन से टिक जाती हैं! इस तरह फ़ितरत

ख़ुद ही हम से हमारे जिस्म के बेहतरीन और सबसे ज़्यादा क़ीमती लेकिन कमज़ोर हिस्सों की हिफ़ाज़त कराती है।"

"यार, बात तो ठीक कह रहे हो!" फ़ैयाज़ सिर हिला कर बोला।

"रूशी, चाय....!" इमरान ने फिर हाँक लगायी और फिर धीरे से बोला। "यार, एक-आध केस लाओ! इस शहर की औरतें बेग़ैरत मालूम होती हैं। मैं सोच रहा हूँ कि कम-से-कम एक माह तक रोज़ाना इश्तहार देता रहूँ। क्या ख़याल है?"

"इमरान, तुम उसे बेवक़ूफ़ बनाना जो तुम्हें बेवक़ूफ़ समझता हो।"

"उसे भला मैं क्या बेवक़ूफ़ बना सकूँगा।"

"मैं इसलिए आया था कि तुम लाश देख लेते।"

"क्या वह अब भी मौक़ा-ए-वारदात पर है?"

"नहीं! मुर्दाघर में है। अभी पोस्ट मॉर्टम नहीं हुआ?"

"जब वह मौक़ा-ए-वारदात से हटा ली गयी है तो देखने से क्या फ़ायदा होगा?"

"तुम चलो तो....नाश्ता कहीं और करेंगे।"

"वह तो ठीक है! मगर खायेंगे कहाँ से! भला तुम्हारे इस केस में मुझे क्या मिल जायेगा?"

"बस, उठो....नोर मत करो....! उस वक़्त तुम पर ग़ुस्सा तो बहुत आ रहा था....मगर ख़ैर उस गिरने के सिलसिले में एक काम की बात मालूम हुई! मगर तुमने इस बेचारी को भी गिराया था।"

“क्या करता....मजबूरी थी....तजरुबा तो करना ही था।”

“बड़े सुअर हो।”

“आच....छा!” इमरान उठता हुआ बोला। “मैं चलूँगा....मगर यह न भूल जाना कि मैंने अभी नाश्ता नहीं किया....और हाँ, पहले हम ऐलफ़्रेड पार्क चलेंगे?”

इमरान जानता था कि रूशी इस वक़्त नाश्ता हरगिज़ तैयार नहीं करेगी! इसलिए उसने सोचा कि फ़ैयाज़ के सामने शर्मिन्दगी उठाने से यही बेहतर है कि यहाँ से कहीं टल जाये।

बाहर आ कर उन्होंने एक छोटे-से रेस्तराँ में नाश्ता किया और ऐलफ़्रेड पार्क की तरफ़ रवाना हो गये....

“हाँ। कल वह लेडी तनवीर क्यों आयी थी?” फ़ैयाज़ ने पूछा।

“कहने के लिए कि अगर सर तनवीर हमारी फ़र्म की ख़िदमत हासिल करना चाहे तो उसे फ़ौरन खबर कर दिया जाये। शायद लेडी तनवीर तलाक़ नहीं लेना चाहती!”

“बकवास है! तुम बताना नहीं चाहते।”

“भला मैं तुम्हें अपने बिज़नेस की बातें कैसे बता सकता हूँ।”

थोड़ी देर बाद वे दोनों ऐलफ़्रेड पार्क में थे....और फिर फ़ैयाज़ उसे उस जगह ले गया जहाँ लाश पायी गयी थी।

“यही जगह है। ठीक यहीं पर लाश मिली थी।”

“औंधी पड़ी थी?” इमरान ने पूछा।

"हाँ....!"

"लेकिन इतनी जल्दी यह कैसे मालूम कर लिया कि वह कोई ज़हरीली चीज़ थी जो माथे के ज़ख्म के ज़रिये जिस्म में दाख़िल हो गयी हो।"

"फिर और क्या कहा जा सकता है! इसके अलावा जिस्म पर और कोई निशान नहीं। गला घोंट कर भी नहीं मारा गया।"

"तुमने यहाँ से लाल बजरियाँ तो ज़रूर समेटी होंगी।"

"क्यों....? नहीं तो....!"

"यार, तुम डिपार्टमेंट ऑफ़ इनवेस्टिगेशन के सुपरिन्टेंडेण्ट हो....! या....!"

"मैं गधा हूँ और तुम्हें इससे क्या मतलब? मैंने इसे ज़रूरी नहीं समझा था कि यहाँ से बजरियाँ समेटी जायें, क्योंकि मुझे इस पर यक़ीन नहीं है कि वह यहीं और इसी जगह मरा होगा। आख़िर वह कितना पावर वाला ज़हर था कि मरने वाला गिरने के बाद उठने की कोशिश नहीं कर सका। लाश को मैंने यहाँ पड़ा देखा था.... उसकी पोज़ीशन यही ज़ाहिर कर रही थी कि वह गिरने के बाद हिल भी न सका होगा।"

"वेरी गुड....! फिर तुम मुझे क्यों लाये हो?"

"मैं जानता हूँ कि लाश यहाँ फेंकी गयी होगी....! मौत कहीं और हुई होगी।"

"अब बहुत ज़्यादा अक़्लमन्द बनने की कोशिश मत करो।" इमरान मुस्कुरा कर बोला...."उसकी मौत यहाँ भी हो सकती है और वह इसी जगह गिर कर मर भी सकता है।"

"बात का बतंगड़ मैं भी बना सकता हूँ।"

"अच्छा मैं बात बनाता हूँ, तुम बतंगड़ बनाने की कोशिश करो....! फ़ैयाज़ साहब....! यह ऐलफ्रेड पार्क है....और आप यह भी जानते होंगे कि यहाँ साँप बहुत ज़्यादा रहते हैं....! मान लीजिए, उसे साँप ने काटा हो....! अभी पोस्ट मॉर्टम भी नहीं हुआ....ज़हर वाली बात ग़लत भी साबित हो सकती है....! वह तो कहो कि मैंने इस वक़्त नाश्ता भी तुम्हारे पैसों से किया है, वरना बताता....मुझे बेकार में यहाँ तक दौड़ाया है तो अब लाश भी दिखा दो।"

"बहरहाल, तुम मुझसे सहमत नहीं हो।"

"लाश का पोस्ट मॉर्टम हो जाने दो, उसके बाद देखा जायेगा।"

फिर इस सिलसिले में आगे बातचीत नहीं हुई और वे सरकारी मुर्दाघर की तरफ़ चले गये।

लाश शायद पोस्ट मॉर्टम के लिए ले जायी जाने वाली थी, क्योंकि मुर्दा ढोने वाली गाड़ी कम्पाउण्ड में मौजूद थी। फ़ैयाज़ ने इमरान को धक्का दे कर आगे बढ़ाया।

और फिर मुर्दाघर में पहुँच कर फ़ैयाज़ ने जैसे ही लाश के चेहरे पर से कपड़ा हटाया, इमरान की आँखें हैरत से फैल गयीं....वह बड़ी तेज़ी से लाश पर झुक गया....थोड़ी ही देर में उसे यक़ीन हो गया कि वह लाश उस बूढ़े के अलावा और किसी की नहीं हो सकती, जिसका पिछली रात वह पीछा कर चुका था।

"ये माथे का ज़ख़्म देखो।" फ़ैयाज़ ने कहा।

"देख रहा हूँ...." इमरान सीधा खड़ा होता हुआ बोला। "मुझे तो इसमें कोई ख़ास बात नज़र नहीं आती।"

"हूँ! अच्छा, ख़ैर परवाह नहीं....अब तुम बहुत घमण्डी हो गये हो!" फ़ैयाज़ मुँह बनाते हुए कहा। "तुम समझते हो शायद दुनिया में तुम ही सबसे ज़्यादा अक़्लमन्द हो....!"

"नहीं तो....मेरा ख़याल है कि तुम न तो अक़्लमन्द हो और न घमण्डी....चलो छोड़ो....ज़िस्म नीला पड़ गया है....! ज़हर ही हो सकता है....पोस्ट मॉर्टम की रिपोर्ट ही बता सकेगी कि ज़हर जिस्म में क्योंकर दाख़िल हुआ....इसलिए रिपोर्ट मिलने तक अगर हम इस मामले को कैंसिल ही रखें तो बेहतर है।"

"वैसे क्या उसके जिस्म पर कपड़े हैं...."

"नहीं....कपड़े....लेबोरेट्री में है।"

"लेबोरेट्री में क्यों?"

"शक है कि कपड़ों पर से लॉण्ड्री के निशान मिटाने की कोशिश की गयी है।"

"आ हा....!" इमरान कुछ सोचने लगा। फिर धीरे से बोला। "क्या उसकी जेब से कुछ काग़ज़ात वग़ैरह भी बरामद हुए हैं?"

"कमाल करते हो! जिन लोगों ने निशान मिटाये हैं, उन्होंने काग़ज़ात वग़ैरह क्यों छोड़े होंगे।"

"निशान....ओ हो....हो सकता है कि निशान ख़ुद मरने वाले ही ने अपनी ज़िन्दगी में मिटाये हों।"

"अच्छा, बस ख़त्म करो।" फ़ैयाज़ ने हाथ उठा कर कहा।

"वरना अभी ये भी कहोगे कि मरने वाला प्रिंस ऑफ़ डेनमार्क था।"

वह दोनों मुर्दाघर से बाहर आ गये।

"अच्छा, मैं चला।" इमरान ने कहा। "पोस्ट मॉर्टम की रिपोर्ट आने के बाद मुझे ख़बर करना।"

"अगर ज़रूरत समझी गयी!" फ़ैयाज़ बोला। उसकी आवाज़ में भी कड़कपन मौज़ूद था।

"मुझसे उलझोगे तो सिर पकड़ कर रोना पड़ेगा....! जानते हो कि मेरी फ़र्म किस क़िस्म का कारोबार करती है।"

इतने में वहाँ मुर्दाघर का इनचार्ज आ पहुँचा....! उसने फ़ैयाज़ से बातचीत शुरू कर दी और इमरान वहाँ से हट कर उस जगह आया जहाँ फ़ैयाज़ की मोटर साइकिल खड़ी हुई थी।

उसने बहुत इत्मीनान से उसे स्टार्ट किया। फ़ैयाज़ ने देखा और सिर्फ़ मुँह फुला कर रह गया....! मुर्दाघर के इनचार्ज के सामने वह बेतहाशा दौड़ भी तो नहीं सकता था....! वह बेबसी से इमरान की उस हरकत को देखता रहा। मोटर साइकिल फ़र्राटे भरती हुई कम्पाउण्ड के बाहर निकल गयी।

# ८

थोड़ी देर बाद इमरान लेडी तनवीर के ड्रॉइंग-रूम में बैठा उसका इन्तज़ार कर रहा था।

"तुम यहाँ क्यों चले आये?" लेडी तनवीर ने कमरे में दाख़िल होते हुए कहा।

"आख़िरी खबर देने के लिए!" इमरान उसका चेहरा ग़ौर से देख रहा था।

"मैं नहीं समझी!" लेडी तनवीर की आवाज़ में कँपकँपाहट थी।

"ग़ज़ाली चला गया।"

"ओह....अच्छा!" लेडी तनवीर एक लम्बी साँस ले कर बैठते हुए बोली। "अच्छा....तो तुम्हारी बाक़ी रक़म परसों तक पहुँचा दी जायेगी।"

"लेकिन अब मैं रक़म ले कर क्या करूँगा!" इमरान ने अफ़सोस के अन्दाज़ में बोला।

"क्यों....?"

"उस बेचारे का पूरा जिस्म नीला पड़ गया है और शायद

इस वक़्त डॉक्टरों के चाकू उसके गोश्त के टुकड़े-टुकड़े कर रहे होंगे।"

"मैं कुछ समझी नहीं? तुम कह क्या रहे हो?"

इमरान ने उसे पूरी बात बताते हुए कहा। "सर तनवीर भी उसमें दिलचस्पी ले रहे थे, लेकिन पुलिस को अभी इसकी जानकारी नहीं है। वैसे अब मेरा इरादा है कि मैं पुलिस को ख़बर कर दूँ।"

लेडी तनवीर थोड़ी देर तक चुपचाप हाँफती रही फिर मुश्किल से बोली। "तो अब तुम मुझे ब्लैकमेल करना चाहते हो। तुमने मुझसे कहा था कि तुम मेरे लिए उसे क़त्ल भी कर सकते हो।"

"अच्छी बात है! जब पुलिस आपसे पूछगछ करे तो आप बता दीजिएगा....कह दीजिएगा....कह दीजिएगा कि मैंने ही उसे क़त्ल किया है। फिर पुलिस मुझसे पूछेगी तो मैं साफ़ कह दूँगा कि मुझे इस पर लेडी तनवीर ने मजबूर किया था....फिर लेडी तनवीर को बताना पड़ेगा कि उन्होंने क्यों मजबूर किया था। वे क्यों चाहती थीं कि ग़ज़ाली यहाँ से चला जाये और इतने-से काम के लिए उन्होंने इतनी बड़ी रक़म क्यों दी थी....फिर ग़ज़ाली के पड़ोसी सर तनवीर को भी पहचान लेंगे जो घण्टों उसके कमरे का दरवाज़ा खुलवाने की कोशिश किया करते थे....फिर क्या होगा। लेडी तनवीर....और फिर आपको वह आदमी शिनाख़्त करेगा जो उस दिन मेरे दफ़्तर में मौजूद था और उसने आपको वहाँ देख कर हैरत भी ज़ाहिर की थी। आप जानती हैं वह कौन था। नहीं जानतीं....! अच्छा तो सुनिए, वह

सी.बी.आई. का सुपरिन्टेंडेण्ट कैप्टन फ़ैयाज़ था....इसलिए आप पुलिस से यह भी नहीं कह सकतीं कि आप मेरे बारे में जानती नहीं हैं।"

"तुम क्या चाहते हो?" लेडी तनवीर ने भर्रायी हुई आवाज़ में कहा।

"हक़ीक़त मालूम करना चाहता हूँ! ग़ज़ाली कौन था....और इस तरह क्यों मार डाला गया? वह किन लोगों से नाराज़ था....और वह....वह...."

इमरान अपना सिर सहलाने लगा। उसे वह नाम याद नहीं आ रहा था जिसका हवाला पिछली रात बातचीत के दौरान ग़ज़ाली ने दिया था....! ऐसा नाम जो किसी औरत ही का हो सकता था....इटली तर्ज़ का नाम....

"मैं नहीं जानती कि वह किन लोगों से ख़फ़ा था....! मगर....ठहरो....तुम बहुत चालाक हो....मुझे यक़ीन है कि ग़ज़ाली ज़िन्दा है। तुम मुझसे मेरा राज़ उगलवाना चाहते हो।"

"क्या आपने आज का अख़बार नहीं देखा?"

"देखा है। मगर तुम एक दूसरे मामले को भी इस सिलसिले में इस्तेमाल कर सकते हो....!

"हाँ, हो सकता है....! शायद मैं नाम भी ग़लत बता रहा हूँ!"

"नहीं, नाम ठीक है। तुम उससे मिल चुके होगे।"

"अगर आप लाश देखना चाहती हों तो मैं पोस्ट मॉर्टम रुकवा दूँ!"

"हाँ, मैं देखूँगी...." लेडी तनवीर ने ऐसी आवाज़ में कहा जिससे ये पता चल रहा था कि उसे इमरान की बात पर यक़ीन नहीं आया।

"अच्छी बात है....क्या आप मुझे अपना फ़ोन इस्तेमाल करने की इजाज़त देंगी?"

"नहीं....!"

"अच्छा, तो मेरे साथ चलिए।"

"नहीं जाऊँगी....तुम शौक़ से मेरे बारे में पुलिस को इत्तला दे सकते हो। तुम मुझे ब्लैकमेल नहीं कर सकते, समझे। हो सकता है कि जो आदमी तुम्हारे दफ़्तर में उस दिन मौजूद था, सी.बी.आई. का अफ़सर रहा हो। फ़ॉर योर काइंड इनफ़र्मेशन मैं तुमको बता दूँ कि सी.बी.आई. के डायरेक्टर जनरल रहमान साहब मेरे गहरे दोस्तों में से हैं।"

"तब तो मैं ज़रूर आपके ख़िलाफ़ कोई-न-कोई कार्रवाई करा दूँगा, क्योंकि रहमान साहब मेरे गहरे दुश्मनों में से हैं। उन्होंने मुझे घर से निकाल दिया है, इसलिए मजबूरन मुझे फ़ॉरवर्डिंग ऐण्ड क्लीयरिंग ब्यूरो क़ायम करना पड़ा।"

"अच्छा, शायद तुम ग़लत समझे हो। मैं अभी तुम्हारी मौजूदगी में उन्हें फ़ोन करती हूँ।"

"साथ ही यह भी कह दीजिएगा कि ब्लैकमेलर अली इमरान एम.एस-सी., पी-एच.डी. है।"

"अली इमरान!" लेडी तनवीर चौंक कर उसे घूरने लगी। "अली इमरान....! तुम बकवास कर रहे हो। यह रहमान साहब

के लड़के का नाम है और वह भी उसी डिपार्टमेंट में...."

"कभी था....!" इमरान ने जुमला पूरा करते हुए कहा। "लेकिन डायरेक्टर जनरल साहब ने उसका पत्ता काट दिया। अब वह शहर की सारी औरतों से उनके शौहरों का पत्ता कटवा देगा।"

"क्या तुम वाक़ई इमरान हो। यानी रहमान के लड़के।"

"ख़त्म भी कीजिए लेडी तनवीर....मुझसे ग़ज़ाली की बात कीजिए। आप यह भी जानती होंगी कि....ख़ैर जाने दीजिए....!

"मैं कुछ नहीं जानती। तुम जा सकते हो। यक़ीन करो तुम मेरा कुछ भी नहीं कर सकते।" लेडी तनवीर ने कहा और उठ कर ड्रॉइंग-रूम से चली गयी।

# ९

इमरान ने एक पी.सी.ओ. बूथ से फ़ैयाज़ को फोन किया कि वह उसके लिए काम शुरू कर चुका है, इसलिए वह अब अपना पेट्रोल फूँकने की बजाय उसकी मोटर साइकिल वापस नहीं देगा....फ़ैयाज़ ने फ़ोन ही पर उसे गालियाँ बकीं....लेकिन इमरान हर गाली पर उसकी हौसला अफ़ज़ाई करता रहा...

उसके बाद वह मज़दूरों की उसी बस्ती की तरफ़ चला गया जहाँ ग़ज़ाली ठहरा हुआ था। उसने उसके कमरे का दरवाज़ा खुला हुआ देखा, कमरे में दाख़िल हुआ, लेकिन वहाँ सफ़ाई नज़र आयी, एक तिनका भी नहीं दिखाई दिया। पड़ोसियों में से एक ने, जो अपनी रात की ड्यूटी ख़त्म करके सुबह चार बजे वापस आया था, बताया कि ग़ज़ाली के कमरे के सामने एक बड़ी-सी वैन खड़ी हुई थी और उस पर ग़ज़ाली का सामान रखा जा रहा था.... यह वाक़या सुन कर एक बार फिर इमरान ख़ाली कमरे में वापस आ गया....और चारों तरफ़ हैरत से देखने लगा....और फिर अचानक दरवाज़े की तरफ़ मुड़ कर तेज़ी से झपटा। दूसरे पल में वह झुक कर सिगरेटों का एक पैकेट उठा रहा था.... लेकिन पैकेट ख़ाली था। वह उसे उलट-पलट कर देखने लगा।

फिर वह उसे रोशनी में देखने के लिए दरवाज़े के सामने आ गया। उस पर पेन्सिल से महीन अक्षरों में जगह-जगह कुछ लिखा हुआ था। ऐसा लग रहा था कि जैसे किसी ने काम के लिए कुछ लिखा हो, लेकिन यह किसी और भाषा में लिखा हुआ था जो इमरान की समझ में न आ सका.... वैसे उसका ख़याल था कि वह रूसी लिखावट भी हो सकती है। सारे अक्षर एक जैसे ही लग रहे थे। ऐसा लग रहा था जैसे किसी ने जगह-जगह कोई एक ही चीज़ लिखी हो। इमरान ने पैकेट जेब में डाल लिया। कमरे में इसके अलावा उसे कुछ नहीं मिला। थोड़ी देर बाद वह यूनीवर्सिटी की तरफ़ जा रहा था। उसे उम्मीद थी कि प्रोफ़ेसर सईद जो पश्चिमी ज़बानों का माहिर था, इस पर ज़रूर रोशनी डाल सकेगा।

प्रोफ़ेसर सईद इमरान के दोस्तों में से था। उसने इमरान के ख़याल के मुताबिक ही बताया कि वह लिखावट रूसी थी और वह दरअसल किसी "आर्टामोनॉफ़" के दस्तख़त थे। यूनीवर्सिटी से वापसी पर इमरान सोच रहा था कि कुछ लोग बेकारी के पलों में यूँ ही काम के तौर पर अमूमन अपने ही दस्तख़त किया करते हैं। बस क़लम या पेन्सिल हाथ में होनी चाहिए। जो चीज़ भी सामने पड़ गयी, बस उस पर दस्तख़त हो रहे हैं।

फिर वह ग़ज़ाली के बारे में सोचने लगा। वह रूसी तो क्या, रूस से ताल्लुक़ रखने वाली किसी दूसरी रियासत का भी रहने वाला नहीं मालूम होता था। देखने के एतबार से वह अपनी ही तरफ़ का रहने वाला हो सकता था।

अब इमरान ने फ़ैयाज़ के दफ़्तर की राह ली....और वहाँ

कुछ ज़्यादा गालियाँ उसका इन्तज़ार कर रही थीं। उसे देख कर फ़ैयाज़ आपे से बाहर हो गया।

"उनको आता है मेरे प्यार पर ग़ुस्सा।" इमरान ने कान पर हाथ रख कर हाँक लगायी।

"मैं धक्के दे कर बाहर निकलवा दूँगा समझे।"

"लोग यही समझेंगे तुम्हारी बीवी जल्द ही तलाक़ लेने वाली है। वैसे अगर तुम बाहर से आने वालों में से किसी आर्टामोनॉफ़ का पता लगा सको तो दीन और दुनिया का भला होगा।

"बस, तुम चुपचाप यहाँ से चले जाओ, ख़ैरियत इसी में है।"

"अच्छा पेट्रोल का दाम ही दे दो, क्योंकि अब टंकी में थोड़ा ही रह गया है।"

"क्या?" फ़ैयाज़ झुँझला गया। "अब मोटर साइकिल को हाथ भी न लगाना।"

"हाथ सिर्फ़ हैंडिल पर रहेंगे। इसके अलावा अगर कहीं और लगाऊँ तो कटवा लेना। वैसे मैं आर्टामोनॉफ़ के मामले में संजीदा हूँ....! उसका ताल्लुक़ ग़ज़ाली की मौत से भी हो सकता है।"

"कौन ग़ज़ाली। क्या बक रहे हो?"

"वही ग़ज़ाली जिसकी लाश तुमने मुझे दिखाई थी।"

फ़ैयाज़ कुर्सी से टेक लगा कर इमरान को घूरने लगा। फिर बुरा-सा मुँह बना कर बोला। "बेकार में मुझ पर रौब डालने

की कोशिश न करो। तुम लेबोरेट्री से आ रहे हो....और वहीं से तुम्हें यह नाम मालूम हुआ है....मगर यह ज़रूरी नहीं कि वह अँगूठी मरने वाले ही की हो.... उसके कोट के अन्दर की जेब का अस्तर फटा हुआ था। हो सकता है उसने अँगूठी कभी जेब में डाली हो और वह सूराख़ से कोट के अस्तर और ऊपर के बीच में पहुँच गयी हो। अगर वह ख़ुद उसकी होती तो जेब में डाले रखने का क्या तुक हो सकता है? वैसे मैं लेबोरेट्री वालों से जवाब तलब करूँगा कि वह इस क़िस्म की इत्तला उन लोगों को क्यों देते हैं जो डिपार्टमेंट से ताल्लुक़ नहीं रखते।"

"उनसे यह भी पूछना कि उन्होंने मुझे मरने वाले के घर का पता भी क्यों बता दिया?"

"बेकार में बात बनाने की कोशिश न करो।"

"अँगूठी का क्या क़िस्सा है प्यारे फ़ैयाज़!" इमरान उसे चुमकार कर बोला।

फ़ैयाज़ कुछ पल उसे ग़ौर से देखता रहा फिर बोला। "क्या यह हक़ीक़त है कि तुम्हें यह नाम लेबोरेट्री से नहीं मालूम हुआ।

"यह हक़ीक़त है। वैसे अगर तुम लेबोरेट्री इनचार्ज से झगड़ा ही करना चाहते हो तो मैं तुम्हें नहीं रोकूँगा, क्योंकि तुमने आज मुझे बहुत गालियाँ दी हैं और मैं इसके बदले में यक़ीनन यह चाहूँगा कि कोई तुम्हारे हाथ-पैर तोड़ कर रख दे।"

"फिर तुम्हें यह नाम कैसे मालूम हुआ?"

"बस हो गया। तुम फ़िलहाल इसकी परवाह न करो और यह हक़ीक़त है कि मैं उसके ठिकाने को भी जानता हूँ। अगर

यक़ीन न आये तो मेरे साथ चलो। लाश की तस्वीरें शायद तैयार हो कर तुम्हारे पास आ गयी होंगी।"

"हाँ, आ गयी हैं। क्यों?"

"मैं उसके पड़ोसियों से तस्दीक़ करा दूँगा।"

"क्या तुम संजीदगी से बात कर रहे हो?"

"ओ....हो! क्या तुम यह समझते हो कि मैं यूँ ही में तुम्हारा पेट्रोल फूँकता फिर रहा हूँ। नहीं डियर! ऐसी बात नहीं.... चलो उठो। लेकिन लाश के चेहरे का क्लोज़ अप ज़रूर साथ ले लेना। ताकि तुम्हें इत्मीनान हो सके।"

"आख़िर तुमने किस तरह पता लगा लिया?"

"इलहाम हुआ था। तुम्हें इससे मतलब?"

◀◀ ● ▶▶

# १०

ग़ज़ाली के उन पड़ोसियों ने, जो उसे देख चुके थे, उसकी तस्वीर देख कर इमरान के बयान की तस्दीक़ कर दी.....फ़ैयाज़ ने उनसे बहुत-से सवाल किये, लेकिन वे उससे ज़्यादा न बता सके जो उन्होंने इमरान को बताया था।

"अच्छा फ़ैयाज़ साहब...." इमरान ने थोड़ी देर बाद कहा। "अब तुम आर्टामोनॉफ़ के बारे में जानकारी हासिल करो और तुम अपनी मोटर साइकिल भी ले जा सकते हो।"

"आर्टामोनॉफ़ कौन है?"

"मेरा भतीजा है। तुम इसकी परवाह मत करो। ज़्यादा बोर मत करो, नहीं तो मैं स्विट्ज़रलैण्ड चला जाऊँगा।"

फ़ैयाज़ से पीछा छुड़ा कर वह उन लोगों को तलाश करने लगा, जिन्होंने पिछले दिन सर तनवीर को ग़ज़ाली के दरवाज़े पर दस्तक देते देखा था।

उनमें से एक उसे जल्द ही मिल गया। इमरान दरअसल यह जानना चाहता था कि ग़ज़ाली से मुलाक़ात करने की कोशिश करने वालों में सर तनवीर के अलावा और कितने लोग थे। चूँकि इमरान भी पिछले दिन से यहाँ मौजूद था, इसलिए सर

तनवीर का हवाला दे कर बातचीत आगे बढ़ाने में कोई परेशानी नहीं हुई और उसने बताया कि सर तनवीर के अलावा भी दो आदमी यहाँ आते थे, लेकिन उन्होंने कभी दरवाज़े पर दस्तक नहीं दी। वे बस दूर ही से कमरे की निगरानी किया करते थे। उनके हुलिये के बारे में वह सिर्फ़ इतना ही बता सका कि उनके चेहरों पर घनी काली दाढ़ी थी और आँखों पर काले शीशे की ऐनकें हुआ करती थीं।

"मेक-अप!" इमरान धीरे से बड़बड़ाया।

फिर बस्ती से निकल कर उसने एक टैक्सी ली और सर तनवीर के दफ़्तर की तरफ़ चला गया।

सर तनवीर देश के बहुत बड़े बिज़नेसमैन थे और उनके दफ़्तर दुनिया के कई देशों में थे। उन तक पहुँचने के लिए इमरान को बहुत सारी परेशानियों का सामना करना पड़ा....बहरहाल, किसी-न-किसी तरह उसकी पहुँच उन तक हो ही गयी। सर तनवीर ने नीचे से ऊपर तक उसे घूर कर देखा।

"मैं महामारी का टीका लगाने के लिए नहीं आया।" इमरान बेवक़ूफ़ों की तरह बोल पड़ा।

"क्या बात है?" सर तनवीर की गूँजती हुई आवाज़ से कमरे में झंकार-सी पैदा हुई।

"ग़ज़ाली की लाश....ऐलफ़्रेड पार्क....कल रात!" इमरान इस तरह बोला, जैसे वह सर तनवीर से डरा हुआ हो।

"क्या बकवास है?"

इमरान जेब से ग़ज़ाली की तस्वीर निकाल कर मेज़ पर

रखता हुआ बोला। "उसकी लाश।"

"तो मैं क्या करूँ?"

"सिर्फ़ आपकी इत्तला के लिए! वह अपने पड़ोसियों के लिए बड़ा रहस्यमय था और वे लोग उससे भी ज़्यादा रहस्यमय थे जो उसके लिए इस बस्ती के चक्कर लगाया करते थे।"

"हूँ!" सर तनवीर ने दोनों होंट भींच कर कुर्सी से टेक लगायी। उनकी आँखें इमरान के चेहरे पर थीं। "फिर?" उन्होंने थोड़ी देर बाद कहा।

"उन गधों ने मुझे भी बीच में लपेट कर रख दिया है। हुआ यह कि आज मैं फिर वहाँ पहुँच गया। मुझे हालात मालूम नहीं थे। वे गधे शायद आपके बारे में पुलिस को बता रहे थे। गवाह के तौर पर उन्होंने मुझे पेश कर दिया। मगर भला मैं उन्हें कैसे बता देता कि वे आप थे। बस्ती में घुसते ही एक मज़दूर ने मुझे सारी बात बतायी। मैंने पुलिस को बताया कि एक शरीफ़ आदमी कार में ज़रूर आये थे, मगर मैं उन्हें पहचानता नहीं, अलबत्ता दूसरी बार देखने पर ज़रूर पहचान लूँगा। अब मेरी इज़्ज़त आपके हाथ में है।"

"क्यों तुम्हारी इज़्ज़त क्यों?"

"मैं दरअसल सरकारी डॉक्टर नहीं हूँ....बस, यह समझिए कि चार सौ बीस करके पेट पालता हूँ। हाँ, किसी ज़माने में एक प्राइवेट डॉक्टर का कम्पाउण्डर ज़रूर रह चुका हूँ। सादे पानी के मुफ़्त इंजेक्शन लगा कर लोगों पर अपनी अहमियत जताता हूँ, इसलिए कोई ख़ास ज़रूरत पड़ने पर लोग मेरे ही पास दौड़े आते हैं। मैं अपनी कमाई करता हूँ....जी हाँ....मगर

अब शायद मेरी पोल खुल जायेगी। यह बहुत बुरा हुआ जनाब। अब आप ही मुझे कोई मशविरा दीजिए।"

"मशविरा....किसी वकील से लो....वक़्त हो चुका है....अब तुम जा सकते हो....! मगर ठहरो। तुम्हें ये तस्वीर कहाँ से मिली?"

"अब मैं क्या कहूँ! आप न जाने क्या सोचेंगे।"

"बताओ?" सर तनवीर गरजा।

"मैं पुलिस से पीछा छुड़ा कर वापस आ रहा था कि पीपल वाली गली के मोड़ पर एक आदमी मिला। उसके चेहरे पर घनी काली दाढ़ी थी और आँखों में काले शीशों वाली ऐनक....उसने मुझे तस्वीर दे कर कहा कि यह ग़ज़ाली की तस्वीर है और उसकी मौत के ज़िम्मेदार सर तनवीर ही हो सकते हैं।"

"ब्लैकमेल करना चाहते हो मुझे?" सर तनवीर दाँत पीस कर बोले।

"अरे तौबा-तौबा!" इमरान अपना मुँह पीटने लगा। "मैं जा रहा हूँ जनाब.... आइन्दा आप मेरी शक्ल न देखेंगे। मेरी चार सौ बीसी सिर्फ़ डॉक्टरी तक महदूद है और मैं ज़्यादा लम्बे हाथ मारने की कोशिश नहीं करता।"

"तुम्हें तस्वीर कहाँ से मिली थी?" सर तनवीर ने फिर अपना सवाल दोहराया।

"मैंने हक़ीक़त आपको बता दी और हाँ, उसने यह भी कहा था कि सर तनवीर को फँसवा दो! मैं इस जुमले से समझ गया था कि आपका कोई दुश्मन आपको बेकार में परेशान करना

चाहता है।"

"तुम क्या चाहते हो?" सर तनवीर ने थोड़ी देर बाद पूछा।

"हक़ीक़त मालूम करना चाहता हूँ।"

"क्यों? तुम्हें इससे क्या सरोकार?"

"मैं दरअसल जासूसी कहानियाँ भी लिखता हूँ, हो सकता है कि मैं इससे कोई अच्छा-सा प्लॉट बना कर थोड़े-से पैसे ही कमा लूँ।"

सर तनवीर कुछ पल इमरान को घूरते रहा। फिर मेज़ का दराज़ खोल कर नोटों की एक गड्डी निकाली और उसे इमरान की तरफ़ फेंकते हुए बोले। "जाओ, अपनी ज़बान बन्द रखना! ये दस हज़ार हैं।"

"दस लाख पर भी लानत!" इमरान बिगड़ गया। "आप एक शरीफ़ आदमी को ब्लैकमेलर समझ रहे हैं....डॉक्टरी वाली चार सौ बीसी की और बात है। उसमें काफ़ी मेहनत, वक़्त और पैसा बर्बाद होता है, और इस तरह अपनी कमाई हलाल कर लेता हूँ, समझे जनाब.... लाहौल विला क़ूवत....मैं एक इज़्ज़तदार लेखक हूँ। अगाथा क्रिस्टी ने मेरे दर्जनों नॉवेलों का अंग्रेज़ी तरजुमा किया है।"

"तुम मेरा वक़्त बर्बाद कर रहे हो....रुपये उठाओ....और चलते बनो।"

"मैं हक़ीक़त मालूम करना चाहता हूँ! ग़ज़ाली कौन था? और आप जैसा बड़ा आदमी उसमें क्यों दिलचस्पी ले रहा था

और यह तो मैं जानता हूँ, कि उसकी मौत में आपका हाथ नहीं है, वरना आप ख़ुद को सामने न आने देते।"

"मुझसे खुल कर बात करो। तुम कौन हो?" सर तनवीर ने आगे झुकते हुए धीरे से कहा।

"मैंने अभी तक बन्द हो कर कोई बात नहीं की।"

"सी.बी.आई. के आदमी हो?"

"नहीं, मेरी शादी नहीं हुई। मैं किसी सी.बी.आई. को नहीं जानता।"

सर तनवीर ने नोटों की गड्डी उठा कर फिर मेज़ के दराज़ में डाल ली और मेज़ पर रखी हुई घण्टी पर हाथ मारते हुए बोले। "अब चुपचाप चले जाओ....वरना चपरासी धक्के दे कर निकाल देगा।"

घण्टी की आवाज़ के साथ ही चपरासी भी आ गया था।

"आख़्ख़....अस्सलाम अलैकुम!" इमरान ने उठ कर न सिर्फ़ चपरासी को सलाम किया, बल्कि ज़बर्दस्ती हाथ भी मिलाने लगा और चपरासी बेचारा बुरी तरह बौखला गया। चपरासी ही नहीं, बल्कि सर तनवीर भी इस हरकत से परेशान हो गये थे।

"चपरासी!" उन्होंने मुश्किल से फँसी-फँसी-सी आवाज़ निकाली, लेकिन इमरान तब तक जा चुका था।

◂◂ ● ▸▸

# ११

इमरान ने फिर एक पी.सी.ओ. बूथ से कैप्टन फ़ैयाज़ का नम्बर डायल किया....और उससे आर्टामोनॉफ़ के बारे में पूछा।

"तुम आख़िर क्या करते फिर रहे हो?" फ़ैयाज़ ने दूसरी तरफ़ से कहा। "मुझे बताओ....वरना मजबूरन....मुझे...."

"सब्र करना पड़ेगा।" इमरान ने जल्दी से जुमला पूरा कर दिया।

"आर्टामोनॉफ़ के बारे में उस वक़्त तक नहीं बताऊँगा जब तक कि तुम मुझे सारे हालात से आगाह न करो।"

"अच्छा मेरी जान....मुझे न ग़ज़ाली में कोई दिलचस्पी है और न आर्टामोनॉफ़ से....मैं घर जा रहा हूँ। वैसे घर भी तुम्हारा ही है, लेकिन तुम्हारे फ़रिश्ते भी वहाँ से मुझे नहीं निकाल सकते।"

इमरान रिसीवर रख कर बूथ से बाहर आ गया। वह जानता था कि फ़ैयाज़ अभी ख़ुद ही दौड़ा आयेगा। इसलिए अब उससे कुछ पूछने की ज़रूरत नहीं। उसे यक़ीन था कि वह ख़ुद ही आ कर सब कुछ उगल देगा।

इस भाग–दौड़ में चार बज गये थे और रूशी फ़्लैट में उसका इन्तज़ार कर रही थी। न सिर्फ़ रूशी, बल्कि लेडी तनवीर भी।

इमरान लेडी तनवीर को देख कर बोला। "आप यहाँ से फ़ौरन चली जाइए। क्योंकि कैप्टन फ़ैयाज़ यहाँ आने वाला है।"

"सिर्फ़ एक बात सुन लो।"

"सुना जाइए जल्दी से।"

"ग़ज़ाली की मौत के बारे में मुझे कुछ नहीं पता। यह ज़रूरी नहीं कि उसकी मौत में मेरा हाथ हो....और मेरा राज़ इतना अहम नहीं हो सकता कि उसे क़त्ल करा दिया जाये।"

"मैं आपका राज़ नहीं मालूम करना चाहता....आप जा सकती हैं, लेकिन इतना मैं जानता हूँ कि सर तनवीर बड़ी मुसीबतों में फँस जायेंगे....पुलिस उन्हें सूँघ चुकी है। एक सरकारी डॉक्टर ने उन्हें ग़ज़ाली का कमरा खुलवाने की कोशिश करते देखा था....बस, अब जाइए....अगर कैप्टन फ़ैयाज़ ने आपको यहाँ देख लिया तो....घपला हो जायेगा। बस, जाइए।"

लेडी तनवीर कुछ पल सोचती रही फिर धीरे से बोली, "बाक़ी चालीस हज़ार लायी हूँ।"

"उसे आप वापस ले जाइए। अगर मैं उसे हटाने में कामयाब हो गया होता तो ये रुपये यक़ीनन मेरे थे।"

"अब भी तुम्हारे ही हैं।"

"ज़बान बन्द रखने के लिए। क्यों?"

"ज़बान तो हर हाल में बन्द रखनी ही पड़ेगी....और हाँ

मैंने पता लगा लिया है, तुम रहमान साहब ही के लड़के हो। "रहमान साहब, सर तनवीर के गहरे दोस्तों में से हैं और वे कभी हम लोगों की बदनामी बर्दाश्त नहीं करेंगे।"

"अच्छा....अच्छा....अब आप जाइए। कैप्टन फ़ैयाज़...."

उसका जुमला पूरा भी नहीं हुआ था कि लेडी तनवीर उठ कर चली गई।

रूशी उर्दू नहीं जानती थी, इसलिए उनकी बातचीत उसकी समझ में नहीं आयी। लेडी तनवीर के जाने के बाद रूशी ने मेज़ के दराज़ से नोटों की गड्डियाँ निकाल कर इमरान के सामने रख दीं।

"ये क्या?"

"लेडी तनवीर ने दिये थे।"

"तुमने क्यों लिये?"

"ज़बर्दस्ती दे गयी है। मैं क्या करती। उसने कहा था कि तुम उसके दोस्त के लड़के हो।"

बात इससे ज़्यादा नहीं बढ़ने पायी, क्योंकि फ़ैयाज़ सचमुच पहुँच गया....उसने नोटों की तरफ़ तीखी नज़रों से देखते हुए कहा, "बड़े मालदार हो रहे हो।"

"कब नहीं था। आओ बैठो दोस्त, बहुत दिनों बाद मुलाक़ात हुई। क्या आजकल बहुत बिज़ी हो?"

"लफ़्ज़ों में उड़ाने की कोशिश न करो।"

"मैं इस जुमले का मतलब नहीं समझा।" इमरान ने आँखें

फाड़ कर कहा।

"आर्टामोनॉफ़....!"

"आहा समझा...." इमरान ने उसकी बात काट दी। "मेरी क़ाबिलियत का इम्तहान लेना चाहते हो। आर्टामोनॉफ़ ख़ानदान का बयान मैक्सिम गोगोल ने अपने नॉवेल में किया था।"

"मैक्सम गोर्की....!" फ़ैयाज़ ने बुरा-सा मुँह बना कर कहा।

"नहीं गोगोल, मैं शर्त लगाने के लिए तैयार हूँ।"

"तुम जाहिल हो....गोर्की....आर्टामोनॉव्स....गोर्की का नॉवेल है।"

"गोगोल! अगर ज़्यादा ताव दिलाओगे तो गोल-गोल कहूँगा। देखता हूँ कि तुम मेरा क्या....बना नहीं, बिगाड़....नहीं हुश....बना....क्या कहते हैं....जहन्नुम में जाये। हाँ, तो मैं अभी क्या कह रहा था।"

"इमरान, मैं बहुत बुरी तरह पेश आऊँगा!" फ़ैयाज़ भन्ना गया।

"आप के लिए चाय लाओ।" इमरान ने रूशी से अंग्रेज़ी में कहा....और रूशी दूसरे कमरे में चली गयी। फ़ैयाज़ उसे जाते देखता रहा फिर उसने एक लम्बी साँस ली।

"आय हाय।" इमरान ने अपनी आँखें नचायीं। "ख़बरदार, बल्कि होशियार....तुम मेरी पार्टनर को देख कर ठण्डी आहें नहीं भर सकते। सुपर फ़ैयाज़, मैं तुम पर मुक़दमा चला दूँगा।"

"मैं यहाँ पर तुम्हारी फ़ालतू बातें सुनने नहीं आया।"

"तुम्हारी बड़ी मेहरबानी है कि कभी-कभी चले आते हो....मगर.....ख़ैर टालो....तुम्हें आज हरी चाय पिलवाऊँगा।"

"तुम्हें ग़ज़ाली के कमरे का पता कैसे मालूम हुआ था?"

"कौन ग़ज़ाली?" इमरान ने आँखें फाड़ कर हैरत से पूछा।

"इससे काम नहीं चलेगा। मैं तुम्हें दफ़्तर में तलब कर लूँगा।"

"और शायद उस दफ़्तर में वह तुम्हारा आख़िरी दिन होगा...." इमरान च्यूइंगम चबाता हुआ बोला।

फ़ैयाज़ कुछ देर ख़ामोशी से इमरान को घूरता रहा। फिर उसने कहा। "आख़िर तुम चाहते क्या हो?"

"मरने के बाद सिर्फ़ दो गज़ ज़मीन।" इमरान ठण्डी साँस ले कर मायूसी में बोला। "हाथी नहीं चाहता, घोड़ा नहीं चाहता....महल और मोहल्ला नहीं चाहता।

"ये ज़िन्दगी के मेले दुनिया में कम न होंगे।

अफ़सोस हम न होंगे, अफ़सोस हम न होंगे।।"

शेर पढ़ने के बाद इमरान ने एक बड़ी लम्बी आह भरी.... और ख़ामोश हो गया....

रूशी चाय की ट्रे लिये हुए कमरे में दाख़िल हुई। फ़ैयाज़ ख़ूँख़ार नज़रों से इमरान को देख रहा था....लेकिन रूशी को देखते ही उसकी मदद करने के लिए खड़ा हो गया। छोटी मेज़ खींच कर बीच में रखी और रूशी के हाथों से ट्रे ले कर उस पर रखने लगा।

"इसे अपना ही घर समझो!" इमरान आँखें बन्द करके सिर हिलाने लगा। चाय के दौरान ज़्यादातर ख़ामोशी ही रही.....फ़ैयाज़ और रूशी ने दो-एक रस्मी बातें कीं।

चाय ख़त्म करने के बाद फ़ैयाज़ ने सिगरेट सुलगाया और उसका मूड अचानक बदल गया। वह अच्छी तरह जानता था कि इमरान उसे ज़िन्दगी भर बातों में उड़ाता रहेगा।

"हाँ! वह बात तो रह ही गयी!" फ़ैयाज़ मुस्कुरा कर बोला। "एक आर्टामोनॉफ़ का सुराग़ मिल गया है।"

"मिल गया न....हा-हा-हा।" इमरान पागलों की तरह हँसा। "मैं पहले ही जानता था कि मिल कर रहेगा।"

"एक हफ़्ता बीता यहाँ स्पेन की एक डांसिंग पार्टी आयी है। आर्टामोनॉफ़ उसी का एक मेम्बर है।"

"मगर आर्टामोनॉफ़ तो रूसी नाम है।" इमरान बोला।

"क्या हुआ....स्पेन में रूस के बहुत-से लोग आबाद हैं।"

"हाँ ठीक है....!" इमरान कुछ सोचने लगा। फिर थोड़ी देर बाद बोला।

"इसमें लड़कियाँ भी होंगी और एक स्पेशल डांसर तो यक़ीनन होगी।"

"यूरोप की मशहूर डांसर....मोरीना सलानियो!"

"मोरीना....मोरीना....सलानियो....!"

इमरान ने रुक-रुक कर दोहराया। उसे अचानक याद आ गया कि ग़ज़ाली ने यही नाम लिया था। सौ फ़ीसदी यही।

"प्लाज़ा....में प्रोग्राम हो रहे हैं। आज के ख़ास प्रोग्राम का नाम जहन्नुम की अप्सरा है....यह मोरीना का बहुत ही मशहूर डांस है.... यूरोप में उसे काफ़ी शोहरत हासिल हुई है.... वह आग में नाचती है।"

इमरान कुछ न बोला। वह किसी गहरी सोच में था।

# १२

डांस का प्रोग्राम आठ बजे शुरू होने वाला था....इमरान ने साढ़े सात बजे तक बहुत-सी जानकारियाँ हासिल कर लीं.... आर्टामोनॉफ़ वाली पार्टी पन्द्रह लोगों की पार्टी थी, जिन में से पाँच लड़कियाँ थीं। उन्हीं में मोरीना भी शामिल थी....पार्टी स्पेन से आयी थी और पूरे एशिया का दौरा उसके प्रोग्राम में शामिल था।

इमरान को ऑर्केस्ट्रा का टिकट हासिल करने के लिए घूस देनी पड़ी, क्योंकि ज़्यादातर सीटें एडवांस बुकिंग में रिज़र्व हो गयी थीं।

पूरा हॉल भर गया था....और बाहर हाउस फ़ुल का बोर्ड लगा दिया गया था, लेकिन फिर भी लोगों का यह आलम था कि बुकिंग हाउस की बन्द खिड़कियों पर टूटे पड़ रहे थे। आख़िर हालात इतने नाज़ुक हो गये कि पुलिस को भीड़ पर क़ाबू करने के लिए लाठी चार्ज करना पड़ा।

अन्दर हॉल में स्टेज का पर्दा दो हिस्सों में बँट कर दोनों कोनों की तरफ़ खिसकता चला गया। पूरे स्टेज पर आग की लपटें नज़र आ रही थीं, आग बनावटी नहीं, बल्कि असली थी,

क्योंकि अगली सीटों पर बैठे हुए लोगों को सचमुच जहन्नुम का मज़ा आ गया था।

स्टेज सीटों की सतह से काफ़ी ऊँचा था। इसलिए इस बात का अन्दाज़ा करना मुश्किल था कि आग पूरे स्टेज पर फैली हुई थी या बीच में कुछ जगह ख़ाली भी रखी गयी थी। वैसे देखने से यही लगता था कि पूरे स्टेज पर आग की लपटों के अलावा और कुछ नहीं है।

अचानक सारा हॉल साज़ों की आवाज़ से गूँजने लगा....और आग की लपटों के बीच एक ख़ूबसूरत चेहरा दिखा। वह भी आग ही का मालूम होता था।

आग....संगीत....और आतिशीं चेहरे ने कुछ ऐसी फ़िज़ा पैदा कर दी कि तमाशाइयों को डांस की शुरुआत और ख़त्म होने का एहसास ही न हो सका। शायद ही कोई यह बता सकता कि डांस कितनी देर तक होता रहा था।

तालियों की गूँज पर लोग चौंके और उन्हें एहसास हुआ कि वे मशीनी तौर पर तालियाँ पीट रहे हैं। इसमें उनके इरादे का दख़ल नहीं था।

लगातार डेढ़ घण्टे तक स्टेज पर आग नज़र आती रही और उतनी देर में मोरीना ने तीन डांस पेश किये। एक में वह अकेली थी और दो डांस उसने चार लड़कियों के साथ पेश किये थे।

प्रोग्राम के ख़त्म होने पर ग्रीन रूम के सामने आदमियों का समन्दर ठाठें मार रहा था.... वे सब मोरीना को क़रीब से देखने के ख़्वाहिशमन्द थे, इसलिए इमरान को यक़ीन था कि

वह किसी चोर दरवाज़े से निकल कर अपनी होटल की तरफ़ भागेगी।

प्लाज़ा की बिल्डिंग दोमंज़िला थी। नीचे हॉल था और ऊपरी मंज़िल पर ग्रैण्ड होटल। मोरीना भीड़ से बचने के लिए होटल ही को फ़रार होने का रास्ता बना सकती थी। इसके अलावा और कोई रास्ता नहीं था।

होटल की दो सीढ़ियाँ थीं। एक तो सड़क पर ले जाता था और दूसरा गली में। इमरान ने सड़क वाली सीढ़ियों को भी ज़ेहन से निकाल दिया। दूसरे पल वह गली की तरफ़ बढ़ रहा था। गली पतली ज़रूर थी, लेकिन अँधेरी नहीं थी और वहाँ सचमुच इमरान को एक लम्बी-सी कार खड़ी दिखाई दी। गली में उसकी मौजूदगी का कोई तुक नहीं था। इमरान बड़ी तेज़ी से गली से निकल कर अपनी टू-सीटर के क़रीब आया और उसे यह देख कर बिलकुल हैरत नहीं हुई कि इसमें कैप्टन फ़ैयाज़ विराजमान था।

उसे शाम ही से इसका एहसास था कि कैप्टन फ़ैयाज़ उसका पीछा कर रहा है।

उसने उसकी तरफ़ ध्यान दिये बग़ैर दरवाज़ा खोला और स्टीयरिंग के सामने बैठ कर इंजन स्टार्ट किया। फिर गाड़ी प्लाज़ा की पिछली गली की तरफ़ रेंगने लगी। इमरान इतनी बेताल्लुक़ी से स्टीयरिंग करता रहा जैसे उसे अपने क़रीब फ़ैयाज़ की मौजूदगी मालूम न हो।

"किधर चल रहे हो?"

अचानक फ़ैयाज़ ने पूछा और इमरान "अरे बाप" कह

कर इस तरह उछल पड़ा कि गाड़ी एक दीवार से टकराते-टकराते बची....और फिर इमरान के मुँह से कुछ इस क़िस्म की आवाज़ें निकलने लगीं जैसे वह नींद की हालत से डर कर जाग पड़ा हो।

"क्या बेहूदगी है! गाड़ी सँभालो।" फ़ैयाज़ ने स्टीयरिंग पर हाथ रखते हुए कहा।

"नहीं! मेरी जेब में कुछ नहीं है।" इमरान रो देने वाली आवाज़ में बोला। "क़सम ले लो भाई।"

"ओ इमरान के बच्चे।"

"आँ....हाँय....तो यह तुम हो! फ़ैयाज़....!" इमरान बड़बड़ाया। "अगर मेरा हार्टफ़ेल हो जाता तो...."

"सच कहता हूँ, किसी दिन तुम्हारी सारी शेख़ी निकाल दूँगा!" फ़ैयाज़ ने नाख़ुश होते हुए कहा। इमरान कुछ न बोला। उसने अपनी टू-सीटर गली में खड़ी कर दी। वह लम्बी कार से काफ़ी दूरी पर थे और टू-सीटर अँधेरे में थी। इमरान ने इंजन बन्द कर दिया।

"यहाँ क्यों आये हो?" फ़ैयाज़ ने पूछा।

"तुमसे इश्क़ हो गया है मुझे!" इमरान एक ठण्डी आह भर कर सीने पर हाथ मारता हुआ बोला। "बहुत दिनों से सोच रहा था कि इश्क़ का इज़हार कर दूँ....लेकिन हिम्मत नहीं पड़ती थी....आज पड़ गयी है, क्योंकि आज तुम अपनी बीवी को साथ नहीं लाये.... ज़ालिम समाज के डर से....अरे, बाप-रे-बाप....मज़हब के ठेकेदारों के डर से....और वह सब क्या होता है....वग़ैरह-वग़ैरह वही सब कुछ जो नॉवेलों में होता है....वह

सब कुछ कहने के बाद मैं यह कहता हूँ कि मुझे तुमसे प्यार हो गया है....आओ, हम तुम बहुत दूर भाग चलें....बहुत दूर.... मिसाल के तौर पर कुतुब शुमाली या कुतुब जुनूबी या कुतुब लाट....हाय मेरे पेट में यह मीठा-मीठा दर्द क्यों हो रहा है.... शायद इसी का नाम मोहब्बत है कोफ़्ता....अरे, बाप-रे-बाप भूख लगी है....और मैं इस वक़्त कोफ़्ते खाना पसन्द करूँगा! फ़ैयाज़ माई डियर....हिप....! श श श श....ख़ामोश....!"

मोरीना सीढ़ियों से उतर कर कार की तरफ़ बढ़ रही थी। उसके साथ तीन आदमी भी थे।

अगली कार के गली से निकलते ही इमरान की टू-सीटर भी आगे बढ़ गयी.... फ़ैयाज़ खामोशी से सब कुछ देखता रहा। टू-सीटर अगली कार का पीछा कर रही थी। फ़ैयाज़ ने मोरीना को पहचाना नहीं था, क्योंकि उसके कोट के कॉलर पर लगे हुए समोर की ऊँचाई उसके कानों के ऊपरी हिस्से तक थी.... और उसके सिर पर हैट भी था। इमरान ने भी सिर्फ़ अन्दाज़े से उसे मोरीना समझ लिया था। मगर यह हक़ीक़त थी कि उसने अन्दाज़ा लगाने में ग़लती नहीं की थी।

"हाँ, पोस्ट मॉर्टम की रिपोर्ट क्या कहती है?" इमरान ने अचानक पूछा।

"ज़हर और माथे का ज़ख़्म.... ज़ख़्म के अन्दर छोटे-छोटे पत्थर मिले हैं और उनमें से कुछ तो हड्डी में घुसते चले गये थे। ऐसा मालूम होता है जैसे वे पत्थर किसी प्रेशर वाली मशीन से फेंके गये हों। और हालात के एतबार से वे हीरे जैसे किसी पत्थर के छोटे-छोटे दाने लगते हैं।"

"हाँ तो....मेरा ख़याल ग़लत नहीं निकला।"

"तुम्हारा ख़याल ग़लत कभी निकला है प्यारे!" फ़ैयाज़ उसकी पीठ पर हाथ फेरने लगा।

इमरान कुछ न बोला। वह बड़ी संजीदगी से किसी मामले पर ग़ौर कर रहा था। थोड़ी देर बाद फ़ैयाज़ ने कहा। "हाँ, एक दूसरी ख़ास बात जो हालात के एतबार से अजीब है। वह अँगूठी अब बहुत ज़्यादा शक के दायरे में आ गयी है।"

"क्यों? शक के दायरे में क्यों?"

"कोट के अन्दर की जेब का अस्तर फटा हुआ नहीं था....! कहीं भी कोट में कोई रुकावट मौजूद नहीं है जिसके ज़रिये अँगूठी ऊपर के कपड़े और अस्तर के बीच में पहुँच सके। तुम ख़ुद सोचो कि ऐसी सूरत में इसके अलावा और क्या कहा जा सकता है कि अँगूठी जान-बूझ कर कोट के अन्दर रखवायी गयी थी।"

"लेकिन वह निकाली किस तरह गयी?" इमरान ने पूछा।

"कोट के दामन को थोड़ा चीर कर।"

"हाँ तो अच्छा वह कोट! उसे मेरे पास भिजवा देना।"

"भिजवा दूँगा....मगर इसका मक़सद क्या हो सकता है।"

"मक़सद बताने की फ़ीस साढ़े चार रुपए होती है।"

"यार इमरान, ख़ुदा के लिए, मज़ाक़ न करो।"

"यही जुमला अगर तुमने नाक पर उँगली रख कर कहा होता तो तुम्हारी बीवी सीधी मेरे दफ़्तर चली आती और मुझे उससे काफ़ी फ़ायदा पहुँचता।"

"बकवास मत करो।" फ़ैयाज़ फिर उखड़ गया।

अगली कार होटल अलास्का के सामने रुक गयी। मोरीना और उसके तीनों साथी उतर कर होटल में चले गये और इमरान अपनी गाड़ी काफ़ी दूरी पर रोक कर फ़ैयाज़ को वहीं बैठने का इशारा करता हुआ आगे बढ़ गया। होटल के पोर्च में दरबान अकेला खड़ा था और वे उसके क़रीब से गुज़र कर अन्दर गये थे। इमरान पोर्च में ही रुक कर दरबान से ग़प्पें लड़ाने लगा। बातों-ही-बातों में उसने न सिर्फ़ मोरीना के उस होटल में रहने के बारे में मालूम किया, बल्कि यह भी पूछ लिया कि वह और उसके साथी किन नम्बरों के कमरों में ठहरे हुए हैं।

मोरीना ने अपने ठहरने की जगह के बारे में कोई ऐलान नहीं किया था। इसलिए कुछ लोग ही उसके रहने के बारे में जानते थे। उसने दरबान से यह भी मालूम किया कि वह किस वक़्त होटल में होती है।

वापसी पर फ़ैयाज़ ने उससे पूछा। "यह किस औरत का पीछा हो रहा था?"

"एक ऐसी औरत का जिसका शौहर उसे तलाक़ देना चाहता है और मैं तलाक़ के लिए सबूत तलाश कर रहा हूँ। सुपर फ़ैयाज़! तुम मेरे बिज़नेस के मामले में टाँग मत अड़ाया करो। जासूसी से मेरा पेट नहीं भरता।"

◀◀ ● ▶▶

# १३

दूसरी सुबह इमरान ने एक पी.सी.ओ. बूथ से कैप्टन फ़ैयाज़ को ग़ज़ाली के कोट के लिए फ़ोन किया। जवाब में फ़ैयाज़ ने बताया कि वह बहुत ज़्यादा मसरूफ़ है, लेकिन किसी-न-किसी तरह एक घण्टे के अन्दर ही कोट उसे भिजवा देगा।

इमरान अपने फ़्लैट में वापस आ कर उसका इन्तज़ार करने लगा, लेकिन कोट से पहले लेडी तनवीर पहुँच गयी। उसका चेहरा पीला पड़ा हुआ था। ऐसा लग रहा था जैसे वह सारी रात जागती रही हो।

"येस माई लेडी।" इमरान कुर्सी से उठता हुआ बोला।

"बैठो, बैठो।" लेडी तनवीर ने ग़ुस्से के अन्दाज़ में कहा। और ख़ुद भी एक कुर्सी पर बैठ गयी। रूशी किचन में नाश्ता तैयार कर रही थी।"

"मैं तुमसे बहुत कुछ कहने आयी थी, मगर अब मेरी समझ में नहीं आता कि क्या करूँ। अब मैं तुमसे एक काम और लेना चाहती हूँ।"

"तौबा, तौबा।" इमरान अपने कान पकड़ कर मुँह पीटता हुआ बोला। "आप काम लेना चाहती हैं या मेरा काम तमाम

करना चाहती हैं?"

"मेरी बात तो सुनो।"

"सुनाइए साहब!" इमरान बेबसी से बोला।

"एक बोगस डॉक्टर के बारे में जानकारी हासिल करनी है जो इसी मामले में सर तनवीर को ब्लैकमेल करना चाहता है। उसने शायद उन्हें ग़ज़ाली के दरवाज़े पर दस्तक देते देख लिया था।"

इमरान ने एक लम्बी साँस ली। उसके चेहरे पर इत्मीनान दिखने लगा। जैसे कोई बहुत बड़ा मसला हल हो गया हो।

"अच्छा, तो आप दोनों ही यही चाहते थे कि ग़ज़ाली यहाँ से चला जाये।"

"हाँ, यह सही है।" लेडी तनवीर ने जवाब दिया।

"तो फिर आप अब तक यह क्यों ज़ाहिर करती रही थीं कि आप यह सब कुछ सर तनवीर की जानकारी में नहीं कर रही हैं।"

"ज़रूरत! अगर मैं ऐसा न करती तो तुम्हें मेरा काम मज़ाक़िया मालूम होता और तुम ग़ज़ाली को छोड़ कर मेरे पीछे पड़ जाते और अगर मैं यह न करती तो पचास हज़ार की पेशकश मसख़रापन होती। मैं दरअसल अपने रवैये से यह ज़ाहिर करना चाहती थी कि मुझे ग़ज़ाली की तरफ़ से ब्लैकमेलिंग का डर है, लेकिन हक़ीक़त यह नहीं थी।"

"फिर हक़ीक़त क्या है?"

"कुछ भी हो! लेकिन वह ऐसी नहीं है जिसकी बिना

पर ग़ज़ाली की मौत में हमारा हाथ हो सके।"

"आप नहीं बताना चाहतीं?"

"मैं सिर्फ़ यह चाहती हूँ कि तुम उस वाक़ये को भूल जाओ। कोई ऐसी हरकत न करो जिससे मेरा भी बुरा हो जाये....और अगर तुम नक़ली डॉक्टर को रोक सको तो उसकी मज़दूरी अलग! वह भी मामूली रक़म न होगी समझे।"

"समझा। अगर आप दोनों यानी आपके साथ सर तनवीर भी इस मामले में किसी एक ही मक़सद के तहत दिलचस्पी ले रहे हैं तो मुझे इत्मीनान है। लेकिन एक-न-एक दिन तो आपको अपना राज़ मुझे बताना ही पड़ेगा।"

"बेकार की बातें छोड़ो। उस नक़ली डॉक्टर के लिए क्या करोगे?"

"भला मैं उसे कहाँ ढूँढता फिरूँगा और फिर अगर उसकी लाश से भी मुलाक़ात हो गयी तो ख़ुदा को क्या मुँह दिखाऊँगा।"

"इमरान....बेटे....ख़ुदा के लिए मुझ पर रहम करो।"

"अच्छा तो जाइए, सर तनवीर से कह दीजिएगा कि जैसे ही डॉक्टर फिर नज़र आये, उसे पकड़ कर पुलिस के हवाले कर दें, फिर मैं सब कुछ देख लूँगा। आप....मगर....आप....मुझे सब कुछ बतायेंगी।"

"सर तनवीर से सलाह लिये बग़ैर मैं कुछ नहीं कह सकती... हाँ, तुम उस बोगस डॉक्टर वाले मामले के लिए कितनी माँग करोगे?"

"कुछ भी नहीं। मैं यह नेक काम फ़्री करूँगा....!"

"मैं तुम्हारे बारे में बहुत कुछ जानकारी हासिल कर चुकी हूँ। तुम आख़िर रहमान साहब की मर्ज़ी के मुताबिक़ ज़िन्दगी क्यों नहीं गुजारते।"

"वे ख़ुद मेरी मर्ज़ी के मुताबिक़ ज़िन्दगी क्यों नहीं गुज़ारते...." इमरान घड़ी की तरफ़ देखता हुआ खड़ा हो गया और फिर धीरे से बोला। "अब मैं इजाज़त चाहूँगा।"

लेडी तनवीर चली गयी। लेकिन उसने इमरान के इस रवैये पर बहुत बुरा-सा मुँह बनाया था।

इमरान मेज़ पर तबला बजाने लगा। फिर चौंक कर रूशी को आवाज़ दी।

थोड़ी देर बाद दोनों नाश्ता कर रहे थे....रूशी कुछ उखड़ी-उखड़ी नज़र आ रही थी। ऐसा लग रहा था जैसे वह झगड़ा करने के लिए कोई बहाना तलाश रही हो।

नाश्ते के दौरान ही कैप्टन फ़ैयाज़ का आदमी ग़ज़ाली का कोट ले कर आया और वापस भी चला गया।

"कारोबार तो अच्छा चल रहा है।" इमरान ने रूशी से कहा था और रूशी ने जवाब में ज़मीन और आसमान एक कर दिये। इमरान की शख़्सियत का कोई पहलू ऐसा नहीं बचा जिस पर रूशी ने नुक़्ता-चीनी न की हो।

"परवाह न करो।" इमरान बड़बड़ाया। "एक दिन तुम भी इसकी आदी हो जाओगी।"

"नहीं, मैं तन्हाई में पागल हो जाऊँगी। तुम मुझे अपने दोस्तों से क्यों नहीं मिलाते।"

"मिलाऊँगा....ज़रा हालात ठीक हो जाने दो....अच्छा.... हिप....अब मैं काम करना चाहता हूँ।"

इमरान ने कहा और ग़ज़ाली का कोट उलट पलट कर देखने लगा। दामन में नीचे की तरफ़ एक छोटा-सा सूराख़ था। जो शायद अँगूठी को अन्दर से निकालने के लिए बनाया गया था। बहरहाल, कोट का अच्छी तरह जायज़ा लेने पर फ़ैयाज़ के बयान की तसदीक़ हो गयी। हक़ीक़त में दूसरा कोई ऐसा सूराख़ मौजूद नहीं था जिस से अँगूठी अस्तर और अपर के बीच में पहुँच सकती हो....फिर वह अँगूठी अन्दर किस तरह पहुँची। इमरान सोचने लगा कि दूसरी सूरत यही हो सकती है कि वह जान-बूझ कर अपर और अस्तर के बीच रखवायी गयी हो। मगर मक़सद....? क्या ख़ुद अँगूठी की हिफ़ाज़त! मगर अँगूठी फ़ैयाज़ के बयान के मुताबिक़ ज़्यादा क़ीमती नहीं थी। उस पर नगीना भी नहीं था। नगीने की जगह बराबर थी और उस पर "ग़ज़ाली" ख़ुदा हुआ था। वह सोच रहा था कि अँगूठी पर नाम खुदवाना भी कम-से-कम मौजूदा दौर में चलन नहीं है। फिर मक़सद....?

वह काफ़ी देर तक ख़यालों में डूबा रहा फिर उसने ग़ज़ाली के कोट का अस्तर उधेड़ना शुरू कर दिया....देर ज़रूर लगी, लेकिन मेहनत बेकार नहीं हुई....सीने पर बकरम की जगह....ट्रेसिंग क्लाथ लगा हुआ देख कर इमरान चौंका....और फिर दूसरे ही पल उसने एक लम्बी साँस ली....! ट्रेसिंग क्लॉथ पर काले रंग की लिखावट थी....

इमरान उसे पढ़ता रहा....और उसके होंट भिंचते रहे....!

तहरीर पढ़ने के बाद उसने ट्रेसिंग क्लॉथ के टुकड़े को बहुत ही हिफ़ाज़त से मेज़ के दराज़ में रख लिया और बायीं तरफ़ का अस्तर उधेड़ने लगा....उधर भी बकरम की बजाय ट्रेसिंग क्लॉथ ही निकला। लेकिन यह बिलकुल सादा था....इमरान ने उसे भी निकाल कर दराज़ में डाल दिया।

रूशी बेकार बैठी थी। उसने एक बार फिर इमरान से अपनी उकताहट का तज़किरा किया।

"हाँ वाक़ई।" इमरान मुस्कुरा कर बोला। "बेकारी आदमी को बीमारी में डाल देती है। अच्छा तो बेकार मत बैठो। इस कोट का अस्तर दोबारा सी डालो।"

"तुमने उसे उधेड़ा क्यों और यह किसका है?" रूशी ने पूछा। वह उस वक़्त कमरे में मौजूद नहीं थी जब इमरान ने उसका अस्तर उधेड़ कर ट्रेसिंग क्लॉथ निकाला था।

"मेरा ही है।" इमरान ने संजीदगी से कहा। "मैं हमेशा पुराने कोट ख़रीद कर पहनता हूँ। इस तरह कई कोट हो जाते हैं और यह तो तुम जानती ही हो कि हर रोज़ कोट बदलने वाले हमेशा बड़े आदमी हुआ करते हैं।"

◀◀ ● ▶▶

# १४

उसी शाम इमरान फिर प्लाज़ा जा पहुँचा....लेकिन आज उसके साथ उसका दोस्त प्रोफ़ेसर भी था। वही जिससे इमरान ने सिगरेट के पैकेट पर पेन्सिल से किये हुए दस्तख़त पढ़वाये थे।

आर्केस्ट्रा के टिकटों का इन्तज़ाम पहले ही से कर लिया गया था....और इस बात का ख़ास ख़याल रखा गया था कि पिछली सीटों की लाइन में जगह मिले।

"मगर आज डांस नहीं होगा।" प्रोफेसर ने कहा। "वही आग वाला।"

"परवाह नहीं!" इमरान सिर हिला कर बोला। "बस, जैसे ही मैं रेडी कहूँ, अपने होश और हवास सँभाल लेना.... समझे!"

"लेकिन आख़िर इस हरकत से फ़ायदा ही क्या....अगर पकड़े गये तो....तुम ख़ुद सोचो, मेरी कितनी बदनामी होगी। एक नहीं, मेरे दर्जनों स्टूडेन्ट हॉल में मौजूद होंगे।"

"इस सूरत में क़तई यह न ज़ाहिर होने पायेगा कि तुम मेरे साथ हो। बस प्यारे....!"

"तुमसे पीछा छुड़ा लेना आसान काम नहीं है।" प्रो.फ़ेसर ने बेबसी से कहा। डांस शुरू हुआ, वह बड़े सुकून के साथ मज़े लेते रहे।

चौथे दौर का आग़ाज़ होते ही इमरान ने प्रोफ़ेसर की तरफ़ झुक कर धीरे से रेडी कहा और प्रोफ़ेसर सँभल कर बैठ गया। मोरीना स्टेज पर एक डांस पेश कर रही थी। अचानक एक चमगादड़ उसके चेहरे से टकराया और वह बेतहाशा चीख़ मार कर पर्दे के पीछे उलट गयी। चमगादड़ पहले तो नीचे गिरा फिर स्टेज से उड़ कर "टचक-टचक" करता हुआ हाल के अँधेरे कोने में चक्कर लगाने लगा। पर्दा फ़ौरन ही गिरा दिया गया और सारा हाल दर्शकों के शोर से गूँजने लगा। उधर प्रोफ़ेसर इमरान से कह रहा था।

"तुम आदमी हो या जादूगर.... तुमने आख़िर उसे किस तरह फेंका कि मुझे भी एहसास न हो सका।"

"उसे छोड़ो।" इमरान बोला। "यह बताओ कि वह किस भाषा के शब्द थे।"

"जर्मन!" प्रोफ़ेसर ने कहा। "और उर्दू में इनका मतलब 'ख़ुदा ग़ारत करे' के अलावा और किन्हीं दूसरे शब्दों में नहीं अदा हो सकता?"

"तुम्हें यक़ीन है कि जर्मन ही के शब्द थे?"

"सौ फ़ीसदी।" प्रोफेसर बोला।

"शुक्रिया! दोस्त तुम्हें मेरी वजह से ख़ासी तकलीफ़ उठानी

पड़ी।"

"मगर आख़िर इसका मक़सद क्या था?"

"कुछ नहीं; बस एक तजरुबा....और अब यह हक़ीक़त मुझ पर साफ़ हो गयी है कि हर आदमी बेख़बरी और ख़ौफ़ की हालत में हमेशा अपनी मादरी ज़ुबान बोलता है....सुबहान अल्लाह....क्या कुदरत के कारख़ाने हैं....कुर्बान जाइए....!"

"मैं अब भी नहीं समझा!"

"यह बेचारी हक़ीक़त में जर्मन है मगर ख़ुद को इटली की ज़ाहिर करती है।"

"ओ हो! अच्छा!" प्रोफ़ेसर ने हैरत से कहा। "तब तो तजरुबा वाक़ई बहुत कामयाब रहा। मैं समझा था कि तुम पर वही स्टूडेन्ट के ज़माने वाला लफ़ंगापन सवार हो गया है....मगर इमरान क्या चक्कर है। कोई ख़ास बात....ओ हो, मैं तो यह भूल ही गया था कि तुम आज कल सी.बी.आई. में काम कर रहे हो....!"

"कभी कर रहा था। अब इस्तीफ़ा दे दिया है। नहीं, इस तज़रुबे का ताल्लुक़ किसी अहम बात से नहीं था! बस, यूँ ही ख़याल पैदा हुआ था, क्योंकि उस औरत के नाक-नक़्श इतालवी नहीं हैं। इसलिए मैंने कहा ये तजरुबा भी हो जाये।"

"मगर फिर आख़िर उसने ये ढोंग क्यों रचाया है।" प्रोफ़ेसर कुछ सोचता हुआ बड़बड़ाया।

"यह भी कोई ख़ास बात नहीं।" इमरान ने लापरवाही से कहा। "दूसरी बड़ी जंग के बाद से यूरोप में जर्मनों की तरफ़ से नफ़रत पायी जाती है। इसलिए ख़ुद को जर्मन ज़ाहिर करके वह इतनी ज़्यादा मशहूर न हो सकती।"

प्रोफ़ेसर कुछ न बोला....इमरान ने बड़ी ख़ूबसूरती से बात बनायी थी।

◀◀ ● ▶▶

# १५

होटल अलास्का में एक हफ़्ता पहले बुकिंग कराये बग़ैर कमरा हासिल कर लेना आसान काम नहीं था, लेकिन इमरान को उसके क़रीबी दोस्त भूत भी कहते थे, इसलिए वह भूत ही ठहरा। उसने एक छोड़, दो कमरे हासिल किये। एक अपने लिए और एक रूशी के लिए। और उसी माले पर हासिल किये जिसमें मोरीना सलानियो और उसके साथियों के कमरे थे।

रूशी अब स्कर्ट की बजाय कमीज़ और शलवार में रहती थी। कभी-कभी जम्पर और ग़रारे में भी दिख जाती थी। उसे पूरबी लिबास बहुत पसन्द थे और सिर्फ़ पूरब और पश्चिम के तर्ज़ की वजह से मोरीना की पार्टी के मर्द उसमें ज़्यादा दिलचस्पी लेने लगे थे। जब रूशी उनमें घुल-मिल गयी थी तो इमरान कैसे न घुलता-मिलता....! उसने बहुत जल्द उन पर अपनी बेवक़ूफ़ी का सिक्का जमा लिया। ख़ास तौर पर मोरीना के लिए तो वह एक ऐसा लतीफ़ा था जिसके बग़ैर खाने की मेज़ पर उसे मज़ा नहीं आता था।

दूसरी तरफ़ उसकी पार्टी के मर्दों का ख़याल था कि अगर उन्हें ऐसे ही दो-चार बेवक़ूफ़ क़िस्म के लोग और मिल गये

तो उनका वक़्त काफ़ी दिलचस्पियों में बीतेगा।

बहरहाल, इमरान उन लोगों को बहुत क़रीब से देख रहा था.... मोरीना अपने साथियों पर हुक्म चलाती थी। बिलकुल उसी अन्दाज़ में जैसे वे उसके नौकर हों और उनसे हमेशा अंग्रेज़ी में बातचीत करती थी जिसका मतलब यह था कि वे सब अंग्रेज़ी के अलावा और कोई ज़बान नहीं समझ सकते थे। आर्टामोनॉफ़ पर इमरान ने ख़ास तौर पर नज़र रखी थी। वह बिलकुल बेडौल क़िस्म का आदमी था। उसका चेहरा भी बेडौल-सा मालूम होता था। चलने का अन्दाज़ कुछ ऐसा था कि हल्की-सी लँगड़ाहट का पता चलता था। हालाँकि वह हक़ीक़त में लँगड़ा नहीं थी।

आज इमरान फिर मोरीना का पीछा कर रहा था। वह अपने सारे साथियों समेत एक बड़ी-सी स्टेशन वैगन में सफ़र कर रही थी और एक स्थानीय आदमी भी उनके साथ था। रात के दस बजे थे और वह प्लाज़ा का प्रोग्राम ख़त्म करके वापस हुई थी। मगर स्टेशन वैगन उन रास्तों पर नहीं चल रही थी जो होटल अलास्का की तरफ़ जाते थे।

इमरान की टू-सीटर पीछा करती रही। इमरान अकेला ही था....

फिर स्टेशन वैगन एक ऐसी बस्ती में दाख़िल हुई जहाँ ऊँचे घराने के लोग आबाद थे....और यहाँ दूर-दूर तक शानदार इमारतें नज़र आ रही थीं। लेकिन आबादी घनी नहीं थी। हर इमारत अलग हैसियत रखती थी और एक से दूसरी के बीच में कुछ-न-कुछ दूरी ज़रूर थी। बस्ती के बाहर दोनों तरफ़ जंगलों और खेतों की क़तारें थीं।

स्टेशन वैगन एक इमारत के सामने रुक गयी। इमरान बहुत ज़्यादा एहतियात बरत रहा था। उसने अपनी कार की हेडलाइटें पहले ही से बुझा रखी थीं।

दो-तीन आदमी स्टेशन वैगन से उतरे और फिर सब-के-सब नीचे आ गये। वे गाड़ी से कोई बहुत भारी चीज़ उतारने की कोशिश कर रहे थे और उसे नीचे उतारने में देरी का सबब इमरान की समझ में न आ सका जबकि एक साथ कई आदमी कोशिश कर रहे थे। आख़िर थोड़ी ही देर बाद हक़ीक़त सामने आ गयी। उन्होंने एक बहुत बड़ा गट्ठर उतारा....लेकिन उसे फिर ज़मीन पर डाल देना पड़ा और दो-तीन आदमी उसे दबाये रहे। बिलकुल ऐसा लग रहा था जैसे वह कोई जानवर हो और उन्हें इस बात का डर हो कि अगर वे उसे दबाये न रहे तो वह उनके क़ब्ज़े से निकल जायेगा।

बहुत मुश्किल से वे उसे उठा कर सामने वाली इमारत में चले गये।

इमरान ने ग़ुस्से के अन्दाज़ में अपने कन्धों को हिलाया, वह कुछ पल उसी जगह खड़ा रहा। फिर बड़ी तेज़ी से एक तरफ़ चलने लगा। उसे याद आ गया था कि इस बस्ती में एक सरकारी हस्पताल था, जहाँ पब्लिक के इस्तेमाल के लिए टेलीफ़ोन बूथ भी बना हुआ है।

उसने बूथ में दाख़िल हो कर बड़ी तेज़ी से कैप्टन फ़ैयाज़ का नम्बर डायल किया....उसे यक़ीन था। कि वह इस वक़्त घर ही पर होगा, क्योंकि उसकी बीवी इन दिनों बीमार थी।

"हैलो! फ़ैयाज़....! मैं इमरान बोल रहा हूँ....रूपनगर

से....हाँ....और मैं सुरैया लॉज मैं ग़ैरक़ानूनी तौर पर घुसने जा रहा हूँ। अगर तुम चाहो तो तुम्हें एक घण्टे बाद वहाँ मेरी लाश तैयार मिलेगी....हिप। अगर इससे पहले पहुँच गये तो हो सकता है कि ग़ज़ाली के क़ातिलों का दीदार कर सको। समझ गये न....हाँ....बस....ख़त्म....!"

इमरान रिसीवर हुक से लगा कर फिर बाहर आ गया और बहुत तेज़ी से अपनी कार की तरफ़ वापस जा रहा था।

कार के क़रीब पहुँच कर उसने उसकी डिकी खोली और अन्दर हाथ डाल कर कुछ टटोलने लगा....इस डिकी में दुनिया भर की बलाएँ भरी रहती थीं और इमरान उसे हमेशा ताला लगाये रखता था....

◀◀ ● ▶▶

# १६

मोरीना सलानियो इस वक़्त औरत नहीं लग रही थी। वह उस देसी आदमी को भूखी शेरनी की तरह घूर रही थी जो उसके सामने एक कुर्सी में रस्सी से जकड़ा बैठा था.... इसके अलावा एक देसी आदमी और भी था....लेकिन वह मोरीना के आदमियों के साथ थोड़ी दूरी पर खड़ा बेपरवाही से सिगरेट के हल्के-हल्के कश ले रहा था....

"बताओ!" मोरीना गरजी! "हड़ताल क्यों नाकाम हुई थी?"

"मैं नहीं जानता!" कुर्सी में बँधे हुए आदमी ने जवाब दिया।

"आर्टामोनॉफ़....!" मोरीना ने आर्टामोनॉफ़ की तरफ़ देखे बग़ैर उसको पुकारा।

"हाँ मादाम!"

"उसके बाज़ुओं पर ख़ंजर की नोक से इंक़लाब लिखो।"

आर्टामोनॉफ़ जेब से एक बड़ा-सा चाक़ू निकाल कर देसी की तरफ़ बढ़ा और देसी डर से चीख़ने लगा, "तुम मुझे डरा

नहीं सकते....तुम मेरा कुछ नहीं बिगाड़ सकते...."

आर्टामोनॉफ़ ने चाक़ू की नोक उसके बाज़ू में उतार दी....देसी ने अपने होंट भींच लिये।

अब वह ख़ामोश हो गया था....उसमें कोई हरकत नहीं हो रही थी....सिर्फ़ उसकी आँखों से तकलीफ़ के एहसास ज़ाहिर हो रहा था....

"बस, अब हट जाओ!" मोरीना बोली।

आर्टामोनॉफ़ ने चाक़ू हटा लिया....देसी की आस्तीनों से ख़ून की बूँदें टपक रही थीं।

"अब बताओ?" मोरीना ने उससे पूछा।

"हाँ....अब मैं ज़रूर बताऊँगा....! सुनो!" देसी दाँत पीस कर बोला। "मैं तुम्हारे साथ था। मैं अपनी ज़िन्दगी से खेला हूँ। मैंने तुम्हारे लिए क्या नहीं किया....लेकिन अब तुम्हारी पोल खुल चुकी है....! तुम्हारे संगठन का दावा है कि सारी दुनिया के आदमियों की वह मदद करता है, लेकिन यह दावा एक खुला झूठ है....तुम्हारा संगठन सारी दुनिया में एक ख़ास क़िस्म का इंक़लाब लाना चाहता है। सिर्फ़ इसलिए कि दुनिया के किसी कोने में उसके दुश्मन न रह जायें....और वह मुल्क सारी दुनिया पर अपनी चौधराहट क़ायम करे जो उस सोसाइटी का सेंटर है....!"

"आर्टामोनॉफ़!" मोरीना ने बहुत ही ठण्डे दिमाग़ से कहा। इसकी रान पर इंक़लाब लिखो।"

आर्टामोनॉफ़ ने उसकी रानों पर चाक़ू की नोक से वही

काम शुरू किया।

देसी अपना निचला होंट दाँतों में दबाये पत्थर के बुत की तरह मोरीना को घूर रहा था।

"अब क्या कहते हो।" मोरीना ने थोड़ी देर बाद कहा।

"मैं तुम पर थूकता हूँ।" देसी ने काँपती हुई आवाज़ में कहा। "तुम जहन्नुम की अप्सरा नहीं, बल्कि जहन्नुम की रण्डी हो, कुतिया। जहाँ भयंकर-भयंकर दानव तुम्हारी टाँगें उठाया करते हैं।"

"आर्टामोनॉफ़ उसके दायें कान का निचला हिस्सा काट दो।" मोरीना ने इतने इत्मीनान से कहा जैसे वह उसे इनाम दिलवा रही हो।

आर्टामोनॉफ़ ने उसके दायें कान की लौ उड़ा दी! देसी अपनी चीख़ किसी तरह न रोक सका।

मोरीना ख़ामोशी से उसे देखती रही, फिर उसने आर्टामोनॉफ़ को अलग हट जाने का इशारा किया। देसी के कान से ख़ून की धार निकल कर गर्दन पर फैल रही थी।

"तुम अपनी ज़िन्दगी से क्यों उकता गये हो," उस देसी आदमी ने कहा जो दूर खड़ा सिगरेट पी रहा था।

"भाई!" ज़ख़्मी कराहा "ख़ुदा तुम्हें अक़्ल दे....एक दिन तुम्हारा भी यही हश्र होने वाला है....मगर उस वक़्त चाकू तुम्हारे अपने ही किसी भाई के हाथ में होगा....मुल्क और क़ौम से ग़द्दारी करने वाले का यही अंजाम होना चाहिए....और मैं तो ख़ुश हूँ कि मुझे इन्हीं लोगों के हाथों से सज़ा मिल रही है,

जिन्होंने मुझे बहकाया था।"

"ख़ामोश रहो!" मोरीना चीख़ी! "तुम्हारी हड्डियों पर से एक-एक बोटी करके गोश्त उतारा जाएगा।"

"यह भी करके देख लो....लेकिन तुम्हें हड़ताल की नाकामी की वजह मालूम न हो सकेगी। तुम मुझे मार डालो तब भी....!"

"आर्टामोनॉफ़....! दूसरे कान की लौ भी उड़ा दो।"

इस बार देसी के मुँह से एक लम्बी चीख़ निकली और वह बेहोश हो गया।

"इरशाद....!" मोरीना ने दूसरे देसी को मुख़ातिब किया।

"हाँ....मादाम!"

"अब क्या किया जाये।"

"कुछ भी नहीं....वह हरगिज़ नहीं बतायेगा।"

"ख़ैर....परवाह नहीं!" मोरीना ने लापरवाही से कहा। "आर्टामोनॉफ़! उसे ख़त्म ही कर दो।"

आर्टामोनॉफ़। बेहोश आदमी की तरफ़ फिर बढ़ा।

"ठहरो!" इरशाद चीख़ा....! उसके दायें हाथ में रिवॉल्वर था और वह उछल कर दूर जा खड़ा हुआ था।

"क्या मतलब?" आर्टामोनॉफ़ पलट कर ग़ुर्राया।

"तुम सब अपने हाथ ऊपर उठा लो....इससे पहले मैं मरूँगा मैंने तुम्हारे इंक़लाब की तस्वीर देख ली....और अब मैं भी उस पर लानत भेजता हूँ....काश! मैं उसकी जगह होता!"

"मोसियो इरशाद, तुम पागल हो गये हो...." मोरीना ने मुस्कुरा कर कहा।

"नहीं, अब होश में आया हूँ। पागल तो पहले था....! भलाई इसी में है कि इसे खोल दो। और मैं इसे यहाँ से ले जाऊँ, क्योंकि मेरी ही बदौलत ये तुम्हारी पकड़ में आया था।"

"आर्टामोनॉफ़! मोसियो इरशाद का कहना मानो।" मोरीना नर्म आवाज़ में बोली।

आर्टामोनॉफ़ झुक कर रस्सी खोलने लगा....!

ये एक शैतानी पल था....इरशाद का पूरा ध्यान आर्टामोनॉफ़ की तरफ़ था और वह उस पल में ये भूल गया था कि वहाँ कई दूसरे आदमी भी हैं। अचानक मोरीना के साथियों में से एक ने इरशाद पर छलाँग लगायी, एक फ़ायर हुआ और सामने वाली दीवार का बहुत-सा प्लास्टर चिटक कर ज़मीन पर आ गिरा। रिवॉल्वर इरशाद के हाथ से निकल कर कई फ़ुट ऊँचा उछल गया....वे दोनों एक-दूसरे से लिपट गये थे। इरशाद उस विदेशी से ज़्यादा ताक़तवर नहीं मालूम होता था।

"नख़लियॉफ़! गला घोंट दो उसका!" मोरीना ने ठहाका लगाया।

लेकिन अचानक ख़ुद उसके गले में फँसी हुई आवाज़ें निकलने लगीं....क्योंकि उसकी गर्दन में देखने वालों को एक फन्दा पड़ा हुआ दिखा....रस्सी का दूसरा सिरा रोशनदान तक पहुँच कर ग़ायब हो गया था। वे बौखला कर उसकी तरफ़ दौड़े, लेकिन वह आदमी भी उछल कर अलग हट गया जो इरशाद से लिपटा था। मोरीना के पैर ज़मीन से लगभग एक फ़ुट ऊपर

थे और उसने दोनों हाथों से रस्सी पकड़ रखी थी, वरना उसकी गर्दन कभी की टूट चुकी होती....गर्दन पर फन्दे का ज़ोर नहीं पड़ रहा था....वह उसी तरह लटकी हुई हिटलरी अन्दाज़ में चीख़ती रही।

◀◀ ● ▶▶

# १७

इमरान ने रस्सी का दूसरा सिरा ऊपरी मंज़िल के एक खम्भे के पास लपेट कर गाँठ लगा दी थी। इमारत में उन लोगों के अलावा और कोई नहीं था....और उसने यह हरकत सिर्फ़ इसलिए की थी कि वह उन्हें इस चक्कर में फँसा कर ख़ूब आसानी से उनके बाहर निकलने के सारे रास्ते बन्द कर दे।

और हक़ीक़त में हुआ भी यही। वे सब मोरीना को फन्दे से छुटकारा दिलाने की कोशिश में लग गये और इमरान ने नीचे उतर कर उस कमरे के दरवाज़ों को बाहर से बन्द करना शुरू कर दिया। अन्दर वालों को इसकी ख़बर भी न हो सकी। अब ऐसी सूरत में इमरान उनसे अकेला भी निपट सकता था, लेकिन उसने इस क़िस्म की कोई हरकत नहीं की....अगर वह अब भी डिपार्टमेंट ऑफ़ इन्वेस्टिगेशन से बाक़ायदा तौर पर जुड़ा होता तो शायद कुछ-न-कुछ कर भी चुका होता, अब तो उसे बहरहाल, कैप्टन फ़ैयाज़ के आने का इन्तज़ार करना था।

◀◀ ● ▶▶

# १८

"ओ गधे....आर्टामोनॉफ़!" मोरीना चीख़ी! "रस्सी को काटता क्यों नहीं।"

"ओ....हाँ....ठीक!" आर्टामोनॉफ़ इस तरह उछल पड़ा जैसे अभी तक सोता रहा हो। दूसरे पल में वह एक कुर्सी पर खड़ा हो कर रस्सी काट रहा था।

इरशाद के हाथ से निकला हुआ रिवॉल्वर अब भी ज़मीन पर पड़ा हुआ था। वह खिसकता हुआ उस तक पहुँच गया।

अभी रस्सी नहीं कटी थी कि एक फ़ायर हुआ....और आर्टामोनॉफ़ कुर्सी से उछल कर नीचे ज़मीन पर आ गिरा....झटका जो लगा तो आधी कटी हुई रस्सी टूट गई और इस चीज़ ने मोरीना की जान बचा ली, वरना दूसरी गोली उसके सीने में घुस जाती....वह भी आर्टामोनॉफ़ ही के क़रीब गिरी....लेकिन आर्टामोनॉफ़ फिर नहीं उठ सका। वह दम तोड़ रहा था, क्योंकि गोली उसके माथे में लगी थी।

इरशाद का ठहाका बड़ा ख़ौफ़नाक था। लेकिन उसने तीसरा फ़ायर नहीं किया।

उसके हाथ में रिवॉल्वर देख कर किसी की हिम्मत न

पड़ी कि वह आगे बढ़ता। इरशाद दरवाज़े के क़रीब दीवार से टेक लगाये बैठा था उसकी आँखें लाल थीं और देखने का अन्दाज़ ऐसा था जैसे उसे कुछ दिखाई न दे रहा हो।

कटी हुई रस्सी का फन्दा अब भी मोरीना की गर्दन में था....और शायद अब उसे इसका एहसास ही नहीं रह गया था उसकी आँखों में इस वक़्त बड़ी ख़ौफ़नाक क़िस्म की चमक दिख रही थी....

"कुतिया सुनो!" अचानक इरशाद गुर्राया। "यहाँ इस मुल्क में तुम्हारे घटिया इरादे कभी पूरे नहीं हो सकेंगे। यहाँ की फ़िज़ा में ऐसे लोग ज़िन्दा ही नहीं रह सकते जो ख़ुदा के वजूद से ख़ाली हों और अब तुम भी जाओ...."

इरशाद ने जवाब दिया, लेकिन मोरीना इससे पहले ही ज़मीन पर गिर चुकी थी। उसकी चीख़ ने इरशाद को धोखे में डाल दिया। वह नहीं देख सका कि वह ज़मीन पर गिर कर मुर्दा आर्टामोनॉफ़ की जेबें टटोल रही है।

"और तुम सब!" इरशाद ने मोरीना के दूसरे साथियों से कहा। "अपने हाथ ऊपर उठाये रखो। यह न समझना कि इस रिवॉल्वर में अब सिर्फ़ दो ही गोलियाँ रह गयीं हैं। मेरी जेब में अभी एक और रिवॉल्वर है....यह देखो," उसने दूसरा रिवॉल्वर जेब से निकाल कर उन्हें दिखाया।

मोरीना ने मुर्दा आर्टामोनॉफ़ की जेब से एक अजीब-सी चीज़ निकाली थी उसने लेटे-ही-लेटे उसका रुख़ इरशाद की तरफ़ कर दिया।

◀◀ ● ▶▶

# १९

इमरान सारे दरवाज़ों की मज़बूती के बारे में इत्मीनान करने के बाद मेन गेट की तरफ़ चल पड़ा। वह बहुत बेसब्री से कैप्टन फ़ैयाज़ का इन्तज़ार कर रहा था।

वह अभी मेन गेट तक पहुँचा भी न था कि उसने फ़ायरों की आवाज़ें सुनीं जो अन्दर के किसी हिस्से से आती मालूम होती थीं।

वह उलटे पैरों वापस हुआ....कुछ दूर यूँ ही चलता रहा फिर दौड़ने लगा। अब उसे अपनी ग़लती का एहसास हुआ था उसे पहले ही उन दोनों देसियों का इन्तज़ाम कर लेना चाहिए था। इस बार के दोनों फ़ायरों का यही मतलब हो सकता है कि वे दोनों ख़त्म कर दिये गये। फिर जैसे ही वह उस कमरे के दरवाज़े तक पहुँचा उसने तीसरे फ़ायर की आवाज़ सुनी और साथ ही मोरीना की चीख़ भी सुनाई दी।

दूसरे ही पल में उसकी आँख दरवाज़े की झुर्री से जा लगी।

सामने सात-आठ आदमी अपने हाथ ऊपर उठाये खड़े थे....आर्टामोनॉफ़ की लाश भी दिखाई दी जिसके सिर के पास

बहुत-सा ख़ून ज़मीन पर फैला हुआ था....और उसने मोरीना को उसकी जेब से कोई चीज़ निकालते देखा। इरशाद उसे नहीं दिखाई दिया, क्योंकि वह उसी दरवाज़े के क़रीब दीवार से मिला हुआ बैठा था। बेहोश देसी अब भी कुर्सी में जकड़ा हुआ था। इमरान ने अन्दाज़ा कर लिया कि दूसरा देसी यक़ीनन ज़िन्दा है और उसी ने सामने वाले आदमियों के हाथ उठवा रखे हैं।

लेकिन मोरीना की हरकत उसकी समझ में न आ सकी। यह बात तो पहले ही उस पर साफ़ हो गई थी कि फ़ायर मोरीना पर किया गया था, क्योंकि चीख़ उसी की थी और उसके अलावा और कोई दूसरी औरत कमरे में नहीं थी....

वह समझा था कि शायद मोरीना मुर्दा आर्टामोनॉफ़ की जेब से रिवॉल्वर निकाल रही थी और बेख़बरी में उस आदमी पर फ़ायर कर देगी जिसने उसके साथियों के हाथ उठवा रखे हैं।

लेकिन उसकी उम्मीद के ख़िलाफ़, मोरीना ने उसकी जेब से काले रंग का एक चपटा-सा डिब्बा निकाला। जिसकी लम्बाई छै इंच से ज़्यादा न रही होगी और चौड़ाई ज़्यादा-से-ज़्यादा तीन चार इंच। फिर उसने उसका एक सिरा दरवाज़े की तरफ़ घुमाते देखा।

अचानक एक ख़याल बिजली की-सी तेज़ी के साथ उसके ज़ेहन में आया और वे अचानक चीख़ने लगा। "रूशी....रूशी डार्लिंग....तुम कहाँ हो....ये आर्टामोनॉफ़ कुत्ता तुम्हें कहाँ ले गया।"

◀◀ ● ▶▶

# २०

मोरीना ने इमरान की आवाज़ सुनी और डिब्बा उसके हाथ से गिर गया। इरशाद भी उसकी आवाज़ पर चौंक पड़ा था। अब उसे इसका एहसास भी हुआ कि मोरीना ज़िन्दा है और उसने उस काली-सी चीज़ की भी एक झलक देखी जो मोरीना के हाथ से गिरी। वह भी उसे रिवॉल्वर समझा।

"खड़ी हो जाओ मोरीना, वरना गोली मार दूँगा।" इरशाद चीख़ा।

मोरीना बौखला कर खड़ी हो गयी। डिब्बा आर्टामोनॉफ़ की लाश पर पड़ा हुआ था। "अपने साथियों के हाथ उनके रूमालों और टाइयों से बाँध दो।" इरशाद बोला और फिर उसने रिवॉल्वर का रुख़ दरवाज़े की तरफ़ करते हुए कहा। "तुम जो कोई भी हो, बाहर ही ठहरो। अगर अन्दर आये तो मौत मिलेगी।"

"मैं अपनी बीवी की तलाश में हूँ।" इमरान ने रो देने जैसे अन्दाज़ में अंग्रेज़ी में कहा। "ये लोग उसे बहका कर यहाँ लाये हैं।"

फिर उर्दू में बोला। "शाबाश, घबराना नहीं। मैं सी.आई.डी. का आदमी हूँ....हो सके तो वह डिब्बा....मगर नहीं, उस पर

सिर्फ़ नज़र रखो। कोई उठाने न पाये....और अपना रिवॉल्वर हटा लो।"

"मैं कैसे यक़ीन कर लूँ।" धीमी आवाज़ में जवाब मिला।

"उसकी गर्दन में मैंने ही फन्दा डाला था।"

मोरीना किसी डरावनी हिरनी की तरह इरशाद को घूर रही थी।

इरशाद ने दूसरे रिवॉल्वर का हत्था मार कर चटख़नी गिरा दी और इमरान इस तरह अन्दर घुसता चला गया जैसे बेवक़्त दरवाज़ा खुलने की बिना पर अपना बैलेंस बराबर न रख सका हो। और फिर वह आर्टामोनॉफ़ की लाश पर गिर पड़ा....उस पर से उठा तो डिब्बा उसकी जेब में जा चुका था।

"क्या तुम सब केंचुए हो गए हो।" अचानक मोरीना ने अपने आदमियों को ललकारा....और फिर ऐसा लगा जैसे उन सब की बेहोशी ख़त्म हो गयी हो।

दो फ़ायर हुए। लेकिन वे आँधी की तरह इरशाद पर गिरे थे। इरशाद के फ़ायर ख़ाली गये थे। इमरान ने मोरीना की गर्दन में लटकी हुई रस्सी को पकड़ कर झटका दिया और वह उस पर आ गिरी। इमरान उसे उसके साथियों की तरफ़ घुमाता हुआ चीख़ा। "हट जाओ। अलग हट जाओ, वरना मैं इसे मार डालूँगा।"

उन्होंने उसकी तरफ़ देखा मगर परवाह न की। इरशाद ने फिर फ़ायर किया। एक ज़ख़्मी हो कर गिरा....लेकिन कब तक....उन्होंने उसे जल्द ही बेबस करके दोनों रिवॉल्वर अपने क़ब्ज़े में कर लिये।

दो रिवॉल्वरों की नालें इमरान की तरफ़ उठी हुई थीं और वह मोरीना की गर्दन दबोचे हुए कह रहा था, "फ़ायर करो। इस तरह पहले ये मरेगी बाद को मेरी बारी आयेगी....रिवॉल्वर ख़ाली करके मेरी तरफ़ फेंक दो, वरना मैं इसका गला घोंटता हूँ।"

इमरान मोरीना समेत पीछे की तरफ़ खिसकता हुआ दीवार से आ लगा था और अब उसे इत्मीनान हो गया था कि अगर वह उस पर फ़ायर करेंगे तो पहले मोरीना ही शिकार होगी।

"तुम बिलकुल गधे हो।" इरशाद उर्दू में बड़बड़ा रहा था। "सारा खेल बिगाड़ दिया।"

"अगर मैं खेल न बिगाड़ता तो तुम्हारा खेल कभी का ख़त्म हो चुका होता।"

अचानक कई दौड़ते हुए क़दमों की आवाज़ें इमारत में गूँजने लगीं। फिर वे लोग सँभलने भी न पाये थे कि पुलिस के सिपाही उस कमरे में घुस गये दो-तीन फ़ायर फिर कमरे में गूँजे, लेकिन आने वाले उन विदेशियों से कहीं ज़्यादा थे। दो कॉन्स्टेबल ज़ख़्मी ज़रूर हो गये, लेकिन मुजरिमों में से एक भी बच कर न निकल सका।

फिर वे इमरान की तरफ़ मुड़े और इमरान ज़ोर से चीख़ा। "ऐ ख़बरदार, इधर परदा है।"

# २१

अभी चार बजे थे कि इमरान की आँख खुल गई। कोई फ़्लैट का दरवाज़ा पीट रहा था। इमरान की ललकार पर जो आवाज़ आयी वह कैप्टन फ़ैयाज़ के अलावा और किसी की नहीं हो सकती थी।

इमरान ने उठ कर दरवाज़ा खोला।

"किस मुसीबत में फँसा दिया तुमने!" फ़ैयाज़ ने झल्लायी हुई आवाज़ में कहा।

"क्यों! क्या हुआ....?"

"वह आदमी जिसका नाम तुमने इरशाद बताया था....वह तो पागल है। पिछले साल पागलख़ाने में भी रह चुका है। कई पुलिस अफ़सरों ने उसकी तस्दीक़ की है वह अब भी पागल है और दिन-रात सड़कों पर मारा-मारा फिरता है!"

"अच्छा दूसरा ज़ख़्मी आदमी!" इमरान ने पूछा।

"वह तो वापसी पर रास्ते में ही दम तोड़ गया। मोरीना कहती है कि इरशाद ने ख़ुद को एशियाई डांसों का माहिर बता कर उसकी पार्टी को इस इमारत में बुलाया था और वादा किया

था कि वह उसे ऐशिया के कुछ पुराने डांसों के बारे में बतायेगा। उसका बयान है कि जब वह कमरे में पहुँची तो उसे और उसके साथियों को एक बेहोश ज़ख़्मी आदमी कुर्सी में बँधा हुआ दिखाई दिया। फिर इरशाद ने उन सब से कहा कि अगर उन्होंने उसकी मर्ज़ी के ख़िलाफ़ किया तो उनका भी उसी आदमी का-सा हश्र होगा। उसने उन्हें धमकाने के लिए दो रिवॉल्वर निकाल लिये थे। फिर मोरीना से दूसरे कमरे में अकेला चलने के लिए कहा। उस पर उसके साथियों को ग़ुस्सा आ गया। हंगामा हुआ और उसके दो साथी इरशाद की गोलियों का निशाना बन गये और पुलिस पर भी उसी ने गोली चलायी थी।"

"और तुम इतने में ही बोर हो गये।" इमरान अँगड़ाई ले कर भर्रायी हुई आवाज़ में बोला।

"क्या तुम्हारे पास उनके ख़िलाफ़ कोई ठोस सबूत है?"

"हाँ, मोरीना एक ऐसे मुल्क की जासूस है जो सारी दुनिया पर अपनी हुकूमत चाहता है।

"साबित कर सकोगे....?"

"क्यों नहीं....! ग़ज़ाली दक्षिण अफ़्रीक़ा की सीक्रेट सर्विस का आदमी था।" इमरान ने कहा और मेज़ की दराज़ से ट्रेसिंग क्लाथ का वह टुकड़ा निकाल कर फ़ैयाज़ के सामने डाल दिया जो ग़ज़ाली के कोट के अन्दर से निकला था। फ़ैयाज़ उसे देखने लगा।

इस अँगूठी का मतलब यही था कि ज़रूरत पड़ने पर कोट उधेड़ा जा सके। देखो इस तहरीर के नीचे उस डिपार्टमेंट की सरकारी मुहर भी मौजूद है जिससे ग़ज़ाली का ताल्लुक़ था

और वहाँ की हुकूमत से इसकी तस्दीक़ आसानी से कर सकते हो। ख़ुद ग़ज़ाली को इस बात का डर था कि मोरीना का पीछा करने के सिलसिले में वह अपनी ज़िन्दगी भी खो सकता है। इसलिए उसने ये तहरीर अपने कोट में इस तरह छुपा रखी थी और उसके मरने के बाद वह अँगूठी ही इस तहरीर तक दूसरों को पहुँचा सकती थी। पूरी तहरीर पढ़ो। ख़ुद ही साफ़ हो जायेगा। ग़ज़ाली काफ़ी दिनों से उसके पीछे पड़ा रहा है। वह इस बात पर भी शक करता है कि मोरीना इतालवी है। वह लिखता है कि चाहे मेरी ज़िन्दगी ही क्यों न ख़त्म हो जाये, मैं मोरीना के ख़िलाफ़ ठोस क़िस्म के सबूत इकट्ठा किये बग़ैर चैन से नहीं बैठूँगा। वह एक ऐसे मुल्क की जासूस है जो एक ख़ास क़िस्म के इंक़लाब के ज़रिये सारी दुनिया पर अपनी हुकूमत के ख़्वाब देख रहा है। मोरीना सारी दुनिया में अपने फ़न का मुज़ाहिरा करती फिरती है। हालाँकि उसका असल मक़सद यह है कि वह सारी दुनिया में अपने एजेंट बनाती फिरे। इससे मालूम होता है कि ग़ज़ाली ने भी मोरीना के साथ कई मुल्कों की सैर की है और प्यारे फ़ैयाज़....और क्या-क्या बताऊँ। मैं तो इस केस में सिर्फ़ मक्खियाँ मारता रहा हूँ। यह दरअसल ग़ज़ाली और इरशाद का केस है। उस शहीद का केस है जिसके जिस्म से उसकी ज़िन्दगी ही में काफ़ी ख़ून निकाल लिया गया था।

इमरान ने इरशाद और उसके साथी की बात दोहराते हुए पूछा। "इरशाद कहाँ है?"

"हवालात में! हालाँकि वह चीख़ रहा था कि वह पागल नहीं है। वह बहुत अहम राज़ों का खुलासा करेगा। मगर एस.पी. ने उसे हवालात में डलवा दिया। मोरीना इस वक़्त भी एस.पी.

के दफ़्तर में मौज़ूद है।"

"इरशाद बहुत कुछ बतायेगा। वह इस क़ाबिल है कि उसकी पूजा की जाये। फ़ैयाज़, वह उनसे बेहतर है जो ख़ुद को मुल्क और क़ौम का मोहब्बती कहने के बावजूद भी उनके लिए कुछ नहीं कर सकते।"

"और कोई सबूत! इमरान....जल्दी करो प्यारे वक़्त कम है। एस.पी. मुझ पर ठहाका लगा रहा होगा।"

"और वह टुकड़े!" इमरान कुछ सोचता हुआ बोला। "जो माथे पर चुभे हुए थे, उनके फेंकने का तरीक़ा एक दिलचस्प ईजाद है।"

इमरान दीवार की तरफ़ बढ़ा जहाँ उसका कोट टँगा हुआ था। फिर जेब से वह काले रंग का चपटा-सा डिब्बा निकाल कर फ़ैयाज़ की तरफ़ बढ़ाता हुआ बोला। "यह एक छोटी-सी प्रेशर मशीन है। इधर आओ तुम्हें दिखाऊँ।"

इमरान ने डिब्बे को मेज़ पर रख कर उसे खोल डाला। "ये देखो इस बटन को दबाने से एक छोटा-सा ट्रिगर बाहर निकल आता है और यह देखो ये छोटी-छोटी बैटरियाँ....ट्रिगर दबाते ही ये बैटरियाँ मशीन से कनेक्ट हो जाती हैं। मशीन चल पड़ती है....और इस सूराख़ से टुकड़ों की बौछार निकलने लगती है। यह देखो, इसमें ये ज़हरीले टुकड़े काफ़ी तादाद में मौजूद है।"

"बहुत अच्छा।" फ़ैयाज़ इमरान की पीठ ठोंकता हुआ बोला। "अब हमने मैदान मार लिया।"

"इसे ले जाओ।" इमरान ने कहा। "लेकिन एहतियात

से रखना....वरना तुम्हारी बीवी तलाक़ लेने से पहले ही आज़ाद हो जायेगी और मेरी फ़र्म का बेकार ही में नुक़सान होगा।"

"मगर इमरान! तुम ग़ज़ाली को कैसे जान गये थे?" फ़ैयाज़ ने पूछा।

"सिर्फ़ इत्तफ़ाक़! वह ख़ुद ही मुझे मोरीना का आदमी समझ कर मुझसे भिड़ गया था और उसने मोरीना सलानियो का हवाला भी दिया था। फिर उसे अपनी ग़लतफ़हमी का एहसास हुआ, लेकिन भला मैं कब उसे छोड़ने वाला था। मैंने उसका पीछा करके उसके रहने-सहने का पता लगा लिया। इस तरह दूसरी सुबह मैं उसकी लाश पहचानने में कामयाब हुआ।"

इमरान ने लेडी तनवीर वाले वाक़ये का बयान नहीं किया।

"और आर्टामोनॉफ़!" फ़ैयाज़ ने पूछा।

"आर्टामोनॉफ़....हाँ ....वह सिगरेट की एक ख़ाली डिबिया की वजह से पकड़ा गया?

इमरान ने दूसरा वाक़या भी दोहराया....और कुछ देर खामोश रहने के बाद बोला। "अगर वह इस बीमारी का शिकार न होता तो इमरान ज़िन्दगी भर सिर पटकता रह जाता, क्योंकि वह मोरीना सलानियो का नाम भी भूल गया था। यह एक बहुत ख़राब आदत है। बेकार में अपने दस्तख़त बनाना। मैंने अक्सर तुम्हें भी इस तरह हरकत करते हुए देखा है। तुम अक्सर अपने नाख़ूनों और हथेली पर अपने दस्तख़त बनाया करते हो।"

इमरान कुछ देर ख़ामोश रह कर फिर बोला। "उधर ग़ज़ाली ने अपने नोट में मोरीना की नैशनैलिटी के बारे में शक ज़ाहिर किया है। वह लिखता है कि उसका नाम इतालवियों जैसा

है, लेकिन वह हक़ीक़त में इतालवी नहीं मालूम होती। इसलिए मैंने इसका तजरुबा किया और मुझ पर हक़ीक़त खुल गयी। वह इतालवी नहीं जर्मन है।"

इमरान ने चमगादड़ फेंकने वाली हरकत बयान की और कैप्टन फ़ैयाज़ बेतहाशा हँसने लगा। वह इस वक़्त ज़रूरत से ज़्यादा ख़ुश दिख रहा था।

"लेकिन इमरान!" उसने थोड़ी देर बाद कहा। "रिपोर्ट फिर भी अधूरी रहेगी। आख़िर मैं इसके बारे में क्या लिखूँगा कि मुझे ग़ज़ाली के कमरे का पता कैसे मालूम हुआ था?"

"ओ हाँ!" इमरान कुछ सोचने लगा, फिर बोला। "इरशाद ही की वजह से ये प्रॉब्लम हल हो जायेगी। तुम शुरू ही में उसे अपनी रिपोर्ट में जगह दो। इस तरह कि उसने तुम्हारे पास आ कर मोरीना की असल शख़्सियत पर रोशनी डाली और इसका भी इक़रार किया कि वह ख़ुद भी उसी पार्टी का एक मेम्बर है। लेकिन तुम्हें उसके बयान पर यक़ीन नहीं आया....इस पर उसने ग़ज़ाली का हवाला दे कर उसका पता बताया और यह भी कहा कि वह दक्षिण अफ़्रीक़ा की सीक्रेट सर्विस का आदमी है और मोरीना का पीछा कर रहा है....जिस रात को यह बातचीत हुई, उसी की सुबह को ग़ज़ाली की लाश पायी गयी....और उसके कोट से बरामद होने वाली अँगूठी ने तुम्हें उसके कोट को उधेड़ डालने पर मजबूर कर दिया। इस तरह तुम्हें ग़ज़ाली का लिखा नोट मिला। फिर तुम इरशाद के बताये हुए पते पर ग़ज़ाली के घर की तलाश में रवाना हो गये वहाँ तुम्हें सफ़ाई दिखी। लेकिन वह सिगरेटों का ख़ाली पैकेट जिस पर आर्टामोनॉफ़ के दस्तख़त थे। हाँ, शायद समझ गये होगे....फिर तुम उस सिगरेट के पैकेट

से मोरीना सलानियो तक पहुँच गये....! इरशाद फिर कल शाम को तुम्हारे पास आया और इत्तला दी कि आज रात को सुरैया लॉज पर छापा मारा जाये तो मुजरिम ऐन मौक़े पर गिरफ़्तार किये जा सकते हैं, क्योंकि वह स्थानीय पार्टी के एक शख़्स को उसकी एक ग़लती की बिना पर सज़ा देंगे....इसलिए तुमने छापा मारा और कामयाब हो गये....! बस अब तुम जा कर इरशाद को पक्का कर लो और हाँ, इरशाद से यह भी कहलवा देना कि उसे ग़ज़ाली की शख़्सियत की जानकारी मोरीना ही से हुई थी। मोरीना ने उससे कहा था कि वह ग़ज़ाली से होशियार रहे।"

"जियो! इमरान जियो!" फ़ैयाज़ एक बार फिर उसकी पीठ ठोंकने लगा। "बोलो....क्या माँगते हो....जो कुछ कहोगे मिल जायेगा....बोलो क्या माँगते हो!"

"दस ऐसी मालदार औरतें जो अपने शौहरों से तलाक़ चाहती हों।" इमरान ने संजीदगी से कहा और फ़ैयाज़ हँसने लगा।

# २२

अब बाक़ी बचे थे सर तनवीर और लेडी तनवीर! इमरान को उनकी फ़िक्र थी और अब वह सोच रहा था कि किस तरह उनसे राज़ उगलवाया जाये।

ठीक एक बजे दिन को शाम के अख़बार बाज़ार में आ गये। उनमें ग़ज़ाली और मोरीना सलानियो की दास्तानें छपी हुई थीं। इमरान ने सोचा कि बस, यही वक़्त मुनासिब है, इसलिए वह सर तनवीर के दफ़्तर में जा धमका....! सर तनवीर अख़बार ही देख रहा था इमरान का सामना होते ही उसके चेहरे पर हवाइयाँ उड़ने लगीं।

"और सुनाइए जनाब, क्या ख़बरें हैं?" इमरान बड़ी बेतकल्लुफ़ी से मेज़ पर हाथ मारते हुए बोला।

"तुम....बग़ैर....इजाज़त....यहाँ...!"

"उसकी परवाह न कीजिए। अख़बार मैंने भी पढ़ा है और इस नतीजे पर पहुँचा हूँ कि यहाँ ग़ज़ाली की शख़्सियत में दिलचस्पी लेने वाले सिर्फ़ मोरीना की पार्टी ही के आदमी हो सकते हैं।"

"नहीं....यह ज़रूरी नहीं!" सर तनवीर की साँस तेज़ी

से चलने लगी थी।

"लेकिन मेरी शराफ़त भी देखिए कि मैंने अब तक पुलिस को आपके बारे में खबर नहीं दी और आप कह रहे थे कि मैं ब्लैकमेलर हूँ।"

"तुम क्या चाहते हो?" सर तनवीर ने फँसी-फँसी आवाज़ में कहा।

"हक़ीक़त बता दीजिए। बस, इतना ही काफ़ी है।"

"इससे तुम्हें क्या फ़ायदा पहुँचेगा?"

"बताने से आपको क्या नुक़सान पहुँचेगा।" इमरान ने सवाल किया।

सर तनवीर कुछ सोचने लगे। इमरान ने महसूस किया कि उसका चेहरा फिर ठीक होता जा रहा है और आँखों की चमक भी वापस आ गयी है।

तभी सर तनवीर उठता हुआ बोला। "अच्छा, तुम बैठो....मैं लेडी तनवीर की मौजूदगी में कुछ बता सकूँगा....क्योंकि उसका ताल्लुक़ उन लोगों से ज़्यादा है।"

"तो आप चले कहाँ!" इमरान उठता हुआ बोला। लेकिन इतनी देर में सर तनवीर दरवाज़े से निकल कर उसे बाहर से बन्द कर चुका था....इमरान के होंटों पर शरारती मुस्कुराहट थी।

दूसरी तरफ़ दूसरे कमरे में सर तनवीर फ़ोन पर झुका हुआ था और कह रहा था। "सायरा, सायरा....मैंने उस बोगस डॉक्टर को अपने दफ़्तर में बन्द कर लिया है। तुम इमरान को

साथ ले कर फ़ौरन आ जाओ....आओ....जल्दी करो....बहुत जल्दी!"

वह उस कमरे से निकल कर दफ़्तर के सामने आ गया। चपरासी को उसने पहले ही भगा दिया था।

इमरान बड़े सुकून से अन्दर बैठा रहा। और उसके इस सुकून पर सर तनवीर को भी हैरत हो रही थी। आधा घण्टा बीतने के बाद लेडी तनवीर बौखलायी हुई वहाँ आयी....

"वह तो....वह तो....नहीं मिल सका डार्लिंग।" उसने हाँफते हुए कहा। "वह डॉक्टर कहाँ है?"

सर तनवीर ने दरवाज़े की तरफ़ इशारा किया। लेडी तनवीर पंजों के बल ऊपर उठ कर शीशों से अन्दर झाँकने लगी....फिर उसने एक लम्बी साँस ली और पलट कर पूछा, "क्या यही है?"

सर तनवीर ने 'हाँ' में सर हिलाया और लेडी तनवीर बोली। "दरवाज़ा खोल दो।"

"क्यों? क्यों?"

लेडी तनवीर ने कोई जवाब न दिया। वह बहुत ज़ोर से हँस रही थी। फिर उसने ख़ुद ही दरवाज़ा खोल दिया। सर तनवीर उसके इस तरह हँसने पर बुरी तरह झल्ला गया। इमरान लेडी तनवीर को देख कर खड़ा हो गया था।

लेडी तनवीर पर हँसी का दौरा पड़ गया था। इमरान भी उनके साथ ठहाका लगाने लगा। लेकिन वह पागलों की तरह हँस रहा था....

"ओह, यह क्या बदतमीज़ी है?" अचानक सर तनवीर ज़ोर से गरजा।

लेडी तनवीर ख़ामोश हो गयी। लेकिन इमरान बराबर हँसता रहा और वह इस तरह पेट दबा-दबा कर हँस रहा था जैसे साँस न समा रही हो।

लेडी तनवीर जैसी संजीदा औरत भी दोबारा हँस पड़ने पर मजबूर हो गयी।

आख़िर उसने बड़ी मुश्किल से कहा। "इमरान....यही.... है।"

"क्या....इमरान!" सर तनवीर ने हैरत से कहा....और फिर वह भी हँसने लगा।

इमरान अचानक संजीदा हो गया। बिलकुल ऐसा ही मालूम हुआ जैसे अचानक कोई मशीन चलते-चलते बन्द हो गयी हो....इस पर उन दोनों को और ज़्यादा हँसी आयी।

थोड़ी देर बाद माहौल शान्त हुआ और इमरान ने फिर मतलब की बात छेड़ दी।

और अब लेडी तनवीर को बताना ही पड़ा। लेकिन उसने इमरान से वादा ले लिया कि वह उसका राज़ ख़ुद अपने तक ही रखेगा।

"नहीं रखेगा तो हम उसे पकड़ कर पीटेंगे।" सर तनवीर ने कहा। "क्या रहमान साहब के लड़के पर मेरा इतना भी हक़ न होगा।"

फिर सर तनवीर ने बताया कि दोनों की शादी अफ़्रीक़ा

में हुई थी....और लेडी तनवीर निचले तबक़े की और आवारा औरत थी....लेकिन सर तनवीर को उससे मोहब्बत हो गयी। लेडी तनवीर भी उसे चाहने लगी और उसने वादा किया कि वह अपनी ज़िन्दगी एक़दम बदल देगी। इसलिए दोनों शादी के बन्धन में बँध गये यहाँ किसी को भी लेडी तनवीर की असलियत के बारे में कुछ नहीं मालूम था और वह सोसाइटी में इज़्ज़त की नज़रों से देखी जाती थी। ग़ज़ाली के बारे में दोनों सिर्फ़ इतना ही जानते थे कि वह नस्ल से तुर्की है और दक्षिण अफ़्रीक़ा का रहने वाला भी और लेडी तनवीर की असलियत से भी अच्छी तरह वाक़िफ़ था, इसलिए उसे एक दिन अपने मुल्क में देख कर सर तनवीर को बड़ी हैरत हुई और उसने सोचा कि कहीं ग़ज़ाली यहाँ के ऊँचे तबक़े तक यह बात न पहुँचा दे। इसलिए वे दोनों उससे मुलाक़ात करने की कोशिश करने लगे। जब कामयाबी न हुई तो लेडी तनवीर ने इमरान की मदद हासिल करने के बारे में सोचा, क्योंकि उसकी फ़र्म का इश्तहार काफ़ी इत्मीनानबख़्श था। यानी वह समझ गयी कि वह कोई प्राइवेट जासूस है और क़ानूनी तौर पर यहाँ किसी प्राइवेट जासूस की गुंजाइश नहीं है, इसलिए उसने तलाक़ और शादी की फ़र्म का ढोंग रचाया है। पश्चिमी मुल्कों में भी अक्सर इसी क़िस्म की फ़र्में पायी जाती हैं। लेकिन हक़ीक़त में उनके मेम्बर प्राइवेट जासूस होते हैं और क़ानूनी पाबन्दी की वजह से इस क़िस्म की फर्मों की आड़ ले कर काम करते हैं।

इस तरह यह दास्तान दोनों की झेंपी-झेंपी-सी हँसी पर ख़त्म हो गयी।

समाप्त

# इमरान सीरीज़ के अन्य उपन्यास

## ख़ौफ़नाक इमारत (1)

इमरान सीरीज़ की शुरुआत 'ख़ौफ़नाक इमारत' नामक उपन्यास से हो रही है जो इस सीरीज़ का पहला उपन्यास था, जिसमें हम पहली बार इमरान के रू-ब-रू होते हैं। 'ख़ौफ़नाक इमारत' की कहानी संक्षेप में उन लोगों से ताल्लुक रखती है जो पैसे की लालच में अपने ही देश से ग़द्दारी पर उतर आते हैं। कुछ गोपनीय सरकारी दस्तावेज़ विदेश विभाग के ख़ुफिया अधिकारी ले कर जा रहे होते हैं कि उन पर हमला होता है। एक अधिकारी मारा जाता है और आधे दस्तावेज़ दुश्मनों के हाथ लगते हैं। अयाज़ नाम का जो अधिकारी बच जाता है, वह बदले की आग में जल रहा है, लेकिन जब तक वह दुश्मन का पता न लगा ले, वह अपने विभागीय अफ़सरों के सामने नहीं आना चाहता, क्योंकि उसे डर है कि उसके अधिकारी उसे भी सन्दिग्ध मान लेंगे।

दुश्मनों को धोखे से लुभाने के लिए यह अधिकारी क्या-क्या पापड़ बेलता है और कैसी-कैसी हिकमतें अपनाता है। इसका बड़ा ही दिलचस्प क़िस्सा इब्ने सफ़ी ने बयान किया है। फिर इमरान किस तरह इस रहस्य का पता लगा लेता है और कैसे मुजरिमों को गिरफ़्तार कराता है, इसका ब्योरा दे कर हम आपका मज़ा ख़राब नहीं करना चाहते, उपन्यास आपके सामने हैं और हम चाहेंगे कि आप ख़ुद इस सफ़र पर उपन्यास के पन्नों

## इमरान सीरीज़ के अन्य उपन्यास

से होते हुए रवाना हों। अलबत्ता, हम यह ज़रूर चाहेंगे कि आपका यह सफ़र इमरान की दूसरी दिलचस्प कारगुज़ारियों के साथ बराबर जारी रहे।

### चटानों मे आग (2)

'चट्टानों में आग' का किस्सा एक ऐसे मिलिट्री अफ़सर के इर्द-गिर्द घूमता है जो दूसरे विश्व युद्ध के दौरान नशीले पदार्थों की तस्करी करने वाले गिरोह का पता जान जाता है। ज़ाहिर है ऐसे गिरोहों के दो ही उसूल होते हैं–या तो ऐसे आदमी को अपने गिरोह में शामिल कर लो या तो फिर उसे दूसरी दुनिया की तरफ़ रवाना कर दो। चूँकि कर्नल ज़रग़ाम उस गिरोह में शामिल नहीं होता है, इसलिए बरसों बाद उसे धमकियाँ मिलनी शुरू हो जाती हैं। वह जानता है कि जो धमकियाँ दे रहे हैं, वे किसी भी नीचता पर उतर सकते हैं। ऐसी हालत में वह परेशान हो कर कैप्टन फ़ैयाज़ को मदद के लिए लिखता है और फ़ैयाज़ इमरान को कर्नल ज़रग़ाम की मदद के लिए भेज देता है। कर्नल ज़रग़ाम के साथ उसकी बेटी सोफ़िया और दो भतीजे आरिफ़ और अनवर भी हैं जो इमरान को देख कर यह समझ नहीं पाते कि वह कैसे उनकी मदद करेगा क्योंकि उसकी हरकतें हस्बमामूल बेवक़ूफ़ाना हैं। लेकिन आख़िर में असली मुजरिम इन्हीं बेवक़ूफ़ाना हरकतों के जाल में फँस जाते हैं और नशीली दवाइयाँ बेचने वाले एक गिरोह का पर्दाफ़ाश होता है।

**प्रति उपन्यास मूल्य : रु० 60.00**

# इमरान सीरीज़ के अन्य उपन्यास

## बहुरूपिया नवाब (3)

'बहुरूपिया नवाब' इस सीरीज़ का तीसरा उपन्यास है जो हम पाठकों के सामने पेश कर रहे हैं। कहानी दौलत और जायदाद की हवस की पुरानी थीम पर बुनी गयी है, लेकिन प्लॉट बिला शक इब्ने सफ़ी के माहिर हाथों से गढ़ा गया है। एक पुराने नवाबी ख़ानदान की शहज़ादी दुर्दाना अपने सौतेले ताऊ की कैसी अजीबो-ग़रीब चालों का शिकार होती है और जब वह ताऊ उसका बाप बन कर आता है तो उसके हाथों लगातार धोखा खाती है, इसकी दास्तान 'बहुरूपिया नवाब' में इब्ने सफ़ी ने बयान की है।

## ख़ौफ़ का सौदागर (4)

ऐंग्लो-इण्डियन लड़की रूशी, जिसका पेशा हाई क्लास वेश्या का है–मर्दों को फँसाना और फिर उनसे पैसा कमाना। लेकिन जब इमरान शादाब नगर के मामले को सुलझाने वहाँ पहुँचता है और रूशी उससे रू-ब-रू होती है तो उसकी कठोर दिल में कुछ दूसरी ही भावनाएँ पैदा होने लगती है। और वह इमरान की मदद करने का फ़ैसला करती है। ऐसी नेकी रूशी को किन ख़तरों में डाल देती है इसका रोमांचक ब्योरा तो आप उपन्यास में पढ़ेंगे, लेकिन रूशी का किस्सा यहीं ख़त्म नहीं होता, बल्कि जब वह अपनी पुरानी ज़िन्दगी को बदल कर नयी ज़िन्दगी जीने का इरादा इमरान को बताती है तो वह उसे अपनी सहायक

**प्रति उपन्यास मूल्य : रु० 60.00**

# इमरान सीरीज़ के अन्य उपन्यास

बना कर ले आता है।

हमें विश्वास है कि आप जब इस क़िस्से से गुज़रते हुए उस आदमी के कारनामों से रू-ब-रू होंगे जिसका एक कान आधा कटा हुआ है, जो करोड़ों की तस्करी करने में माहिर है जो उसकी शैतानियत को और भी बढ़ा देती हैं तो आप प्रभावित हुए बिना नहीं रहेंगे। तो आइए, खोलिए पहला सफ़ा और तैयार हो जाइए 'भयानक आदमी' से मिलने के लिए।

## नीले परिन्दे (6)

नीले परिन्दों की हक़ीक़त क्या है? सईदा के चेहरे पर भी सफ़ेद दाग़ कैसे उभर आते हैं? शौकत का असिस्टेंट सलीम चोरी का झूठा इल्ज़ाम क्यों कबूल करता है? शौकत अपनी प्रयोगशाला में नीले परिन्दे क्यों जलाता है? इन सारे सवालों के जवाब इमरान की ताज़ा पेशकश 'नीले परिन्दे' में मौजूद है।

## साँपों के शिकारी (7)

इरशाद तैमूर ऐण्ड बार्टले का हिस्सेदार है। जब उसे तैमूर की असली सूरत का पता चलता है तो वह उसे क़ानून के हवाले करने के लिए अपनी हिकमतें अपनाता है। तैमूर की साज़िशों का पर्दाफ़ाश करने में कई बार इमरान पर भी ख़तरा खड़ा हो जाता है, लेकिन वह अपनी हँसोड़ तबियत के बल पर बच निकलता है। तो आइए, देखें, कैसे हैं ये साँपों के शिकारी।

**इब्ने सफ़ी**–इब्ने सफ़ी, जिनका असली नाम असरार अहमद था, २६ जुलाई, १९२८ को इलाहाबाद ज़िले के नारा क़स्बे में पैदा हुए थे। बचपन ही से शायरी और क़िस्से-कहानियों का शौक़ था। आगरा विश्वविद्यालय से बी.ए. की डिग्री लेने के बाद वे इलाहाबाद से निकलने वाली उर्दू पत्रिका 'निकहत' से जुड़ गये। जब १९५२ में वहीं से 'जासूसी दुनिया' प्रकाशित होने लगी तो इब्ने सफ़ी ने असरार नारवी, सनकी सोल्जर और तुग़रल फ़रग़ान जैसे नाम छोड़ कर इब्ने सफ़ी के नाम से अगस्त १९५२ में अपना पहला जासूसी उपन्यास 'दिलेर मुजरिम' लिखा और हर महीने एक नया उपन्यास लिखने लगे। १९५२ में वे पाकिस्तान चले आये और कराची में उन्होंने अपना प्रकाशन 'इसरार पब्लिकेशन्स' के नाम से शुरू किया। १९६०-६३ के बीच मानसिक रोग का शिकार होने के बाद जब वे ठीक हुए तो उन्होंने 'डेढ़ मतवाले' नामक उपन्यास से अपनी दूसरी कामयाब 'इमरान सीरीज़' शुरू की और 'जासूसी दुनिया' वाली सीरीज़ भी लिखते रहे। इन उपन्यासों का गुजराती और बंगला समेत अनेक भाषाओं में अनुवाद भी हुआ। जासूसी उपन्यासों के अलावा इब्ने सफ़ी ने शायरी, कहानी और हास्य-व्यंग्य की भी रचनाएँ की हैं। उनका देहान्त अपने ही जन्मदिन २६ जुलाई, १९८० को कराची में हुआ।

**चौधरी ज़िया इमाम**–चौधरी ज़िया इमाम का जन्म २८ मई, १९७९ को हुआ। वे कई वर्षों से दिल्ली और लखनऊ से प्रकाशित बहुत से नामी समाचार पत्रों के लिए लिखते रहे हैं। वे नार्थ इण्डिया जर्नलिस्ट वेलफ़ेयर एसोसिएशन कि उपाध्यक्ष हैं, साथ ही वेस्टर्न फ़िल्म प्रोड्यूसर्स एसासिएशन के एसोसिएट सदस्य भी हैं। संप्रति वे साप्ताहिक हिन्दी पत्र *भोर हुई* के संपादक पद पर कार्यरत हैं।

**नीलाभ**–१६ अगस्त, १९४५, बम्बई में जन्म। शिक्षा : एम.ए. तक इलाहाबाद में। पढ़ाई के दौरान ही लेखन की शुरुआत। आजीविका के लिए आरम्भ में प्रकाशन। फिर चार वर्ष बी.बी.सी. की विदेश प्रसारण सेवा में प्रोड्यूसर। १९८४ में भारत वापसी के बाद लेखन पर निर्भर। 'संस्मरणारम्भ', 'अपने आप से लम्बी बातचीत', 'जंगल ख़ामोश है', 'उत्तराधिकार,' 'चीजें उपस्थित हैं', 'शब्दों से नाता अटूट है,' 'ख़तरा अगले मोड़ की उस तरफ़ है' और 'ईश्वर को मोक्ष' (कविता-संग्रह)। शेक्सपियर, ब्रेश्ट तथा लोर्का के नाटकों के रूपान्तर–'पगला राजा', 'हिम्मत माई', 'आतंक के साये', 'नियम का रन्दा, अपवाद का फन्दा' और 'यर्मा' बहुत बार मंच पर प्रस्तुत हुए हैं। इनके अलावा 'मृच्छकटिक' का रूपान्तर 'तख़्ता पलट दो' के नाम से। रंगमंच के अलावा टेलीविज़न, रेडियो, पत्राकारिता, फ़िल्म, ध्वनि-प्रकाश कार्यक्रमों तथा नृत्य-नाटिकाओं के लिए पटकथाएँ और आलेख। महात्मा गांधी अन्तरराष्ट्रीय हिन्दी विश्वविद्यालय के लिए चार खण्डों में हिन्दी के साहित्यिक विवादों, साहित्यिक केन्द्रों और मौखिक इतिहास की शोध परियोजना। जीवनानन्द दास, सुकान्त भट्टाचार्य, एज़रा पाउण्ड, ब्रेश्ट, तादयूश रोज़ेविच, नाज़िम हिकमत, अरनेस्तो कादेनाल, निकानोर पार्रा और नेरूदा की कविताओं के अलावा लेर्मोन्तोव के उपन्यास 'हमारे युग का एक नायक' का अनुवाद। वी.एस. नायपॉल के उपन्यास 'ए हाउस फ़ॉर मिस्टर बिस्वास' और सलमान रश्दी के उपन्यास 'दि एनचैंट्रेस ऑफ़ फ़्लोरेंस' के अनुवादों के अलावा इब्ने सफ़ी की जासूसी उपन्यास माला का सम्पादन। नेरूदा की लम्बी कविता 'माच्चू पिच्चू के शिखर' का अनुवाद बहुचर्चित रहा। मंटो की कहानियों के प्रतिनिधि चयन 'मंटो की तीस कहानियाँ' का सम्पादन। दो खण्डों में गद्य–'प्रतिमानों की पुरोहिती' और 'पूरा घर है कविता।' वैचारिक लेखों के चार संग्रह शीघ्र प्रकाश्य। फ़िल्म, चित्रकला, जैज़ तथा भारतीय संगीत में ख़ास दिलचस्पी।

**रज़ा अब्बास**–रज़ा अब्बास, जिन्होंने जासूसी दुनिया और इमरान सीरीज़ के इतने बेहतरीन आवरण चित्र बनाये हैं, चालीस वर्षों से फ़िल्म पोस्टर का काम और अन्य चित्रकला करते आ रहे हैं। उनका जन्म रायबरेली ज़िले के जैस इलाके में हुआ था। आजकल वे राजपुर रोड, दिल्ली में रहते हैं।